警告の侍女

Character
アマンダ
カーティスの婚約者である侯爵令嬢。クルクルごてごてなお嬢様。
カーティス
ルーベニア王国第一王子。他人の前では王子スマイルをふりまくが大抵は不機嫌。破顔する唯一の相手がエディス。
エディス
第一王妃宮の侍女として務める少女。分をわきまえた真面目タイプだが、冷めた顔で言うことはズバズバ言うことも。

ジェレミー
ルーベニア王国第二王子。人当たりのよさそうな好青年。
マジェリー
ジェレミーの婚約者である公爵令嬢。大人しくつつましやかな才女で知識に貪欲。
メレディス
ルーベニア王国第二王妃。ジェレミーの母。一番でないと気が済まない性格で、リディアとカーティスを目の敵にしている。
リディア
ルーベニア王国第一王妃。カーティスとクレアの母。いつも朗らかで優しい大人な女性。
クレア
お転婆で甘やかされて育った王女様。好奇心旺盛だが、ちょっとわがままなところも。

contents

プロローグ

ルーベニア王国の北西にある小さなスタンレー領。

子爵一家が去年亡くなった子爵夫人の墓参りを終えた時からポツリ、ポツリと降り始めた雨は、時折雷を伴って土砂降りとなった。よくある通り雨だと思われたが、翌日になっても止《や》むことはなかった。風と共に流れて来る雨雲は途切れることなく、時に激しく三日間降り続き、普段は穏やかな流れのテーベ川は日に日に水量を増していった。川は流れ込む雨を受け止められず、川に近い家屋や畑は濁流に呑まれていった。

長く領に住む者も、これほどまでの大雨は見たことがないと言った。

あちこちで崖崩れが発生し、流木が橋げたに絡まり、石造りの橋は水圧に耐えきれず崩壊した。早期に避難を促したが、何人か行方不明になった者もいた。雨が止んだ後も川の水嵩《みずかさ》はなかなか落ち着かず、普段通りの流れになるのには数日を要した。

水が引いた後には流木や泥が残った。家屋を失った者は多く、農作物の被害も甚大だった。

王都への道は寸断され、交通の要所として潤っていた街は収入源を失った。

まずは人々の生活を守ること。

領主であるスタンレー子爵は食料確保に努め、領内での工面で足りない分を近隣の領から買い受けた。中には相場の二倍近い価格を吹っかけてくる者もいたが、状況が落ち着くまでは言い値で買い付けた。

街の復興には、どうしても街道の復旧が欠かせない。

雨に弱さを見せたこの街道の信頼を取り戻し、同時に長年の懸案だった渋滞の解決を図る。

スタンレー子爵は崖崩れの起こった個所を念入りに修繕し、流された橋の跡地にこれまでの倍の広さの橋を建設することにした。今までの橋は馬車がすれ違うことができず、避暑地へ行き交うシーズンにはしばしば渋滞を起こしていた。どうせ作り直すなら、譲り合わなくとも馬車が通り抜けられる橋でなければ。

スタンレー領は決して貧しくはなかったが、飛びぬけて財がある訳でもなかった。住民の支援、街の復興、そして一見贅沢《ぜいたく》な新しい橋の建設であっという間に蓄えは底をつき、気が付けば借金は莫大な金額になっていた。

道は所々閉ざされたまま。領民の生活は苦しく、被害のあった地域は税を徴収できる状況ではなかった。利息の取り立てに金貸しが屋敷を訪れるようになったが、一年目は家財を売り、何とか凌《しの》いだ。

しかしこの先、翌年の保証は何もなかった。

第一章　二人の王子の誕生会

今年もルーベニア王国の二人の王子の誕生会が開催されることになった。例年であれば、伯爵家以上の子女だけが招待されるのだが、今回は王国にいる貴族の子女のうち年齢の近い者があまねく招かれた。

二人の王子は年は一つ離れていたが同じ月に生まれていたので、誕生会は毎年合同で行われている。パーティー好きの貴族であっても、ほんの一週間しか違わない王子の誕生会が別に開催されれば準備だけでも大変で、どちらかにしか参加できない者も出てくるだろう。そうなると王子の人気を測ることになり、今後の国政にも影響を及ぼすことになる。

たかが誕生会、されど誕生会。主催者も招かれる側も対応を誤ることは許されないのだ。

今年の「みんなでお祝いしてね」な誕生会も合同開催だった。

父から渡された招待状によると、父兄の同行は不要。プレゼントも不要。気軽に来るように、と書かれながらも特に令嬢は欠席のないように、と付け加えられていた。

王家からのご招待だ。この国の貴族である以上、よほどの事情がない限り拒否権はない。さらに「令嬢は」という注意書きがこのパーティーが特別な意味を持っていることを想像させた。張り切る家も多いだろう。

エディスもまた父に言われるままパーティーに参加することになったが、貧乏子爵家に贅沢する余裕などなく、張り切る気になどなる訳がない。

「参加すれば不敬にはならないんでしょ？　適当にやっておくから」

そう言って、父が無理して工面した金には手を付けないようにした。

母のお古のドレスを探し、侍女と一緒に自分の背丈に合うように縫い直した。かつてはオフホワイトなんて洒落《しゃれ》た名がついたかもしれないその色は、どう見ても経年劣化で黄ばんでいる。

母の形見のネックレス。宝石箱の中身はかつての半分も残っていない。父はできるだけ手を付けないよう頑張っているようだが、これも来年には小麦に変わるかもしれない。溜め息をつきながら、最後のお披露目の機会を持ててこの石も喜んでいるだろう、と思うことにした。自分は全く喜べる状態ではなかったが……。

手袋とストッキングは、去年伯母からいただいたものがあった。成長期とはいえ、まだまだ入る。いとこから譲ってもらったコルセットは自分にはまだ少し大きく、絞めたところでさほど締まった気はしないが、ないよりましだ。

当日、じいやに御してもらって久々に動かした家の馬車はひどくがたついていて、着く前に吐しゃ物でドレスを汚せばそのまま帰宅となる危険性もあった。

同行する侍女も侍従もいない。万年人手不足の家だ。言い出しにくそうにしているじいやに先に、

「送ってくれればいいから」

と言うと、

「申し訳ない」

とよよよと泣いていた。じいやこそ、この振動で腰をやられないか心配だった。

じいやが馭者台から降りるのを待つか、自分で降りるしかないだろうな、と思っていたが、車寄せに待機していた侍従らしき男がドアを開け、手を差し伸べてくれた。子供だけでの参加となっている今日はこういう客も結構いるのかもしれない。

さすがに侍女も連れていないケースはレアだったのだろう。馬車の中を軽く覗《のぞ》き込み、エディス以外誰も乗っていないことを二度見して、哀れむような表情を浮かべたが、何も言わずにドアを閉めた。侍従たるもの、客に恥をかかせては二流だ。

まあ合格、とエディスは軽く礼をして、かつて祖母が使っていた、もう匂いもしない香木でできた扇子を口元に当てて微笑んだ。


「どうぞ、ご自由にご歓談ください」

会場となっている庭園に案内すると、侍従はいなくなった。

すぐに体つきの変わる子供にドレスをホイホイと準備できるのは、上位貴族か、羽振りの良い家。

しかし今回は王子達の婚約者、つまりは将来の王妃を選ぶ場も兼ねているのは暗黙の了解で、令嬢のいる家はどこも砂漠の砂粒ほどの可能性をかけてそれなりにめかし込んで参加していた。

しかし、財力の差を埋めるのは容易ではない。美しく着飾った令嬢・令息が王族のいる上座に集まり、それはいつも招待される面々とほぼ変わりなかった。

そしてエディスがそこに加わることはない。

王への挨拶のために並ぶ列はなく、誰も王からの呼び出しを受けることもない。練習した挨拶も不要だった。

中央のテーブルに置かれた、五段重ねのどでかいケーキ。ここにいる全員で分けるなら食べきれるだろうが、無駄な大きさで、象徴的な飾りに過ぎない。

軽食にスイーツに果物。どのテーブルにも見た目も麗しく、味も麗しそうな食べ物が置かれている。エディスは会場の一番端に用意されたテーブルに向かい、さっきまで馬車に酔いかけていたことも忘れてその上にある食べ物を端から順番に皿に盛り、さすが王家主催、と滅多に味わえない最高級の味を堪能した。

エディスの周囲には、同じくきらびやかな面々とは交じり合うことのできない家格の子女達が、それぞれ見知った友人を見つけて会話を楽しみ、友人を通して新たな縁を結んでいた。中には走り回っているやんちゃな子供もいて、家令が必死に止めている。

エディスもまた数人の知り合いに挨拶はしたが、目下没落寸前のスタンレー家と仲良くしようとする者はおらず、話の輪に入ることも自ら遠慮した。

王様も罪なパーティーをするもんだなあ……。

パーティーへの出席は、貴族に散財させることが目的だとしても、斜陽の家には追い打ちをかけるものだ。

一昨年の大雨で領内の崖が崩れ、橋も流された。スタンレー家の領と王都をつなぐ道は長い間行き来することができなくなり、どこへ行くにも大回りを余儀なくされた。

その道は王国の北にある湖周辺の避暑地へ向かう最短ルートでもあり、道沿いにあった街はそれなりに賑わっていたが、水害以降人の流れは途絶え、商売をやめ、領を離れる者も少なくなかった。

道が本格的に復旧したのはついこの間。橋は通れるようにはなったものの、全面開通にはもう少しかかる。ここからどれくらい盛り返せるのか……。安全第一と周辺の補強も怠らず、橋は馬車が横に二台通れる幅に広げ、かなり金をかけて再建したせいで、領の収支は真っ赤っか。領主であるスタンレー家もしかり。盛り返すのが早いか、破産するのが早いか……。


末席からでは今日の主役を見ることもないだろう。それなら花でも愛でるか、とエディスは珍しい花が咲き誇る庭園を散策して時間を潰し、帰るタイミングを計っていると、ふと人の気配がした。

庭園の奥にあるガゼボの裏手、隠れるようにしゃがみ込んでいるその人は、自分とさほど年が変わらないように見えたが、その身なりからしてただ者ではないだろうことは察せられた。

目と目が合ったが、すぐにそらせ、何も気付かなかったそぶりで周りの花に手を伸ばし、

「さすが、手入れが行き届いているわ」

などとわざとらしい独り言などつぶやいてみた。

そのまま何も見なかった態《てい》でくるりと向きを変え、そっと立ち去ろうとすると、

「おまえも王子を見に来たのか」

と声をかけてきた。

せっかく人が気が付かないふりをしているのに向こうから話しかけてこようとは。暇だったのだろうか。

「まあ、……招待されれば、見るくらいはしといた方がいいんでしょうけど、あれだけ高貴な方々が周りにたかってたら無理でしょうね」

「たかって……」

くくっと漏れ出す笑い声がして、思わず声の主の方を向きそうになったが、自分の視線のせいで他の人に見つかってもよくないかと思い、あくまで気づいていないふりを装い、花から目をそらさなかった。

「何のために国中の貴族の子供を呼んだんでしょうね」

「二人の王子の婚約者を選ぶんだ」

噂《うわさ》通りの答えに、なるほど、とエディスは思った。

「……広く募りました、という口実にはなりますね。出来試合でも」

「出来試合。……何故そう思う」

「王家の方々の周りにいるのは、いつもいらっしゃる方ばかりでしょう？　本気で下位貴族の令嬢を含めて広く見極める気があるなら、会場を周遊されるか、順番にお呼び出しがかかるはずです。それをしないということは、もう既にお相手は決まっているのではないかと」

会場は広く、いつも以上に集まっているちびっこ貴族。

王族は同じ場所にいて、周辺にいる人だけを相手にしている状況は、ここに来てからずっと変わっていない。

末席から少しずつ人がいなくなっている。つまり、みんな期待は妄想だったとわかってきたのだ。自分もそろそろいい頃合いかな、とエディスは退席のため庭から出ることにした。

「……おまえ、名は何という」

「ご自身も名乗る覚悟でしたら答えますけど？」

こんな所に隠れているくらいだ。どうせ答えはしないだろう、と高をくくり、エディスは一人で花を見ていたそぶりを崩すことなく、挨拶もせずにその場を離れようとした。

「……カーティスだ」

その名を聞いて、さすがに足が止まった。

あの人だかりの中央にいるはずの、今日の主役の一人。カーティス王子。

振り返ってはいけない。こんな所にいる理由はわからないながらも、下手に関わって隠伏《いんぷく》の手助けをしたとでも思われたら面倒だ。

「……空耳かしら」

わざとらしく宙を眺め、再び足を動かした時、急に近寄ってきたカーティスに腕をつかまれ、驚きのあまり振り返ってしまった。

「俺は名乗ったぞ。おまえも名乗れ」

王子らしい高飛車な態度に、エディスは顔をしかめた。

カーティス王子は自分より一つ年下と聞いている。自分より小さい十一歳の小生意気な王子。今日の主役であり、みんなからもてはやされる身でありながら隠れるような奴に腕をつかまれているのが何となくカチンときて、名乗るよりも先に、

「王子がこのような場所で何をしているのでしょう」

と非難を込めて意見してしまった。

当然、カーティスの顔色も変わった。

「ご自身のためのパーティーでしょう。これだけの会を開くのにどれだけのお金が費やされているか。全く……、中央のあのどでかいケーキだけでも一つの村の住人全員にパンを配っても余りあるでしょうに。自分が祝ってもらえる立場の人間であることをわきまえ、集まった人々にもっと感謝

すべきでは？」

「祝いなど……。俺がいなくても、弟のために同じ祝宴を開いているさ」

思いがけない弱音を聞いて、エディスはカーティスに軽くデコピンをした。

驚いて手を離したのを見て、くすっと笑うと、

「お誕生日、おめでとうございます、殿下」

今日、王との挨拶に備えて練習した礼を、目の前にいる主役に披露した。

「……と言っても、先週でしたっけね、殿下のお誕生日は。日程を弟に合わせたからって、拗《す》ねてちゃダメですよ」

からかうつもりで言った言葉が、意外と的を射ていたのかもしれない。カーティスは顔を赤らめ、恥ずかしそうに小声でつぶやいた。

「べ、べつに、拗ねてなんか……。何で俺の誕生日を知ってる」

「私の母の誕生日と同じなんです」

たまたま身内の誕生日と一緒だった。だから覚えていただけだ。簡単なネタばらしをしているうちに、エディスは亡き母を思い出して、少しだけ寂しくなった。

「……もうお祝いできませんけど。祝ってもらえるのも、祝ってあげられるのも、生きていればこそですからね。では」

小さく礼をして立ち去ろうとするエディスに、カーティスはもう一度手を伸ばし、手首をつかん

だ。そして驚くエディスを引っ張るように先導して、自ら人々の集まるパーティー会場の方へと歩みを進めた。

ちょっと待て。今日の主役の王子に連れられて会場に向かうなど、目立ち過ぎる。

そうは思っても、カーティスは手を緩めることなく、少し早足で、慣れないドレスと合わない靴ではついて行くのがやっとだった。

エディスの歩みがおぼつかないのに気が付いたカーティスは歩く速度を緩め、手首をつかむ手を緩めてするりと掌《てのひら》をつかんだ。握られた手の大きさは大して変わらなかった。

「もう一度聞く。名は」

これ以上はごまかせないと思ったエディスは覚悟を決めた。一呼吸おいて自分の名を名乗ろうとしたが、散々生意気を言った後だ。正体を明かす緊張感からか、

「……え、エディス、……スタンレーでごじゃいましゅ」

思いっきり噛んでしまった。

ぷっと、カーティスが吹き出す音がした。声を抑えてはいたが、湧き出る笑いを止めることはできないようで、これ見よがしに笑われてエディスは恥ずかしさに思わずプイッと顔を背けた。カーティスはわざと覗き込むように回り込んで、にやにやと意地悪な笑いを見せた後、満足げに微笑んだ。

「スタンレー子爵の令嬢か。……二度も笑わせてもらった。いい誕生祝いだった」

会場が近づくと、人目につく前に手を離された。ほっとしたエディスは、

「ありがとうございました。おかげさまで会場に戻れました」

と、周囲に自分は迷っていたのだとアピールし、深く礼をした。

目の前のカーティスは、さっきまでの表情とは違う、一見優しげでありながら隙のない笑顔を向け、立ち姿もりりしく、

「気を付けて」

と言った。そして去り際に小さな声で、

「じゃあな、『ごじゃいましゅ』」

とつぶやき、エディスが怒りを抑えながらも顔を引きつらせるのを見て、一瞬、意地悪で生き生きとした笑みを見せた。


噂通り、その日のうちに二人の王子には婚約者が決まったらしい。会場でお相手の名がお披露目されたが、それはエディスが会場から去った後だった。

もしかしたら、カーティス王子は婚約発表から逃れるため、あの人気のないガゼボの裏手に隠れていたのかもしれない。まあ、到底逃げきれるとは思えないが。

見つけてしまって悪かったかなと思いながらも、もう会うこともないだろう王子の幸せを祈りつつ、今日も侍女やメイドに混じって家の仕事に励み、父や兄の手助けに務めるのだった。

第二章　侍女募集

　あの誕生会から一年。次の誕生会は子爵家に招待状が届くようなことはなく、スタンレー家では家族一同ほっとしていた。王城で出された食べ物はおいしかったが、準備にかかる手間・暇・金を考えるとお得感はなく、気疲れしただけ。忙しい毎日にあんな出来試合の婚約者内定会ごっこなど思い出すことはなかった。

　スタンレー家はまだ借金の渦の中にあった。道が全面開通したことで人の流れができ、旅の途中の休憩地として街は活気を取り戻しつつあったものの、なかなか借金はなくならない。たっぷり借りるとたっぷり利息が取られ、元金は一向に減らない。国から水害復興の助成金が出ると聞き、申請してはみたが、当てにできるかどうかはわからない。借金慣れしていないスタンレー家にとってトンネルの出口はまだ見えていなかった。

　エディスはその年に行くはずだった王立学校への進学を諦めた。父と兄は惜しんでくれたが、進学して金を使うよりももっといい話が湧いてきたのだ。

　それは、王城の侍女募集。貴族の子女が行儀見習いを兼ねて応募することの多い人気職だ。高貴な家では女性の労働は厭《いと》われがちだが、王城に務めるエリート文官や騎士に見初められ、悠々自適な人生を狙う者も少なくない。エディスもそんな妄想を少しは抱かないでもないが、それよりも現実的に高賃金、福利厚生の充実に魅かれていた。住み込み勤務だが個室が与えられ、城内には侍医もいる。お仕着せは上質で上品。食事は三食提供で時におやつが振る舞われることもあるらしい。
実は借金の肩代わりと引き換えにエディスに縁談が数件来ていたが、四十、五十を超えた男の後妻や第二夫人など条件の良くない話ばかりで、父はエディスに話をするまでもなく断りを入れていた。そんな父も王城勤務であれば、と申し込みを認めてくれ、運よく採用となった。借金まみれでも真面目に納税している子爵家の懐具合を知り、優遇してくれたのかもしれないとは兄のアルバートの談だ。それなら税もまけてくれるともっと嬉《うれ》しいのだが。

その年採用されたのは五人。うち三人は王立学校を卒業したての者で、エディスは最年少だった。まずは侍女見習いとして半年間。その働きを見て継続雇用とするかどうか決定すると言われた。
エディスはリディア妃の住む第一王妃宮に配属となり、ベテランの侍女から仕事を学んだ。

第一王妃リディアと第二王妃メレディスは険悪ではないものの、さほど仲がいい訳ではなかった。メレディスの生家ウォルジー公爵家は歴代何人もの宰相を生み出してきた家柄で、政治的影響力が圧倒的に強かった。リディアは第一とは名ばかりで、いつも控えめに目立たないように過ごしていて、国の行事にも病弱という名目で参加を控え、王の隣にはいつもメレディスが当然のように座っていた。

実際には健康面に全く問題はなく、リディアは今の立場を受け入れていて、花を育てたり、音楽、刺繍《ししゅう》、占いといった趣味に精を出し、王妃としての「面倒」な仕事を「引き受けて」くれるありがたーいお方として、メレディスを重宝……、いや一目置いているようだった。

適材適所。ある意味、このリディア妃もしたたかな方である。

二人の王子の婚約者として選ばれたのは、カーティス第一王子にはアマンダ・クライトン侯爵令嬢。ジェレミー第二王子にはマジェリー・ブラッドバーン公爵令嬢。出来試合だけあって、両人ともそれなりの家格だった。思い返せば、王家に嫁ぐ人材をあのようなパーティーの場でほいほいと見つけられると思う方が不自然だ。家格はもちろん、財力も派閥も人間関係もじっくりと調べ上げたうえでの選定だろう。

カーティスは第一王妃リディアの子供、ジェレミーは第二王妃メレディスの子供だった。第二王子に公爵家の令嬢があてがわれているのは、第二王妃が政治力でものを言わせたのではないかともっぱらの噂だ。

婚約者となった二人は定期的に王城に上がり、そろって王妃教育を受けていた。

王妃教育を担当するのは第二王妃で、第二王妃宮へ出向き、二人並んで講義を受ける。第一王子の婚約者であるアマンダにとって、第二王妃宮にはマジェリーほど行き慣れておらず、周りも知らない侍女・侍従ばかりで落ち着かない様子だった。そのため年の近いエディスがアマンダに同行し、後ろに控えることになった。


「この国には大きな川が二つあります。一つは北東から南に流れるオルターナ川。もう一つが北から南西へ向けて流れるテーベ川。オルターナ川はここ王都の水源でもあり、王都への水路が作られたのは、……マジェリー嬢」

「アラスター王が建設に着手し、完成したのはアラスター二世の御代《みよ》でした」

「その通りです。マジェリー嬢、よくおわかりですね。先代の王達のおかげで、私達は王都で不自由なく水を利用することができるのです」

さらりと答えるマジェリー。褒められても軽く礼をする程度で実にスマートだ。マジェリーにとっては常識程度の知識なのだろう。しかし、隣にいたアマンダは面白くなさそうだ。

「どちらの川も比較的穏やかですが、三年前の大雨では氾濫を起こし、……アマンダ嬢、氾濫を起こしたのはどちらの川でしたか？」

ほんの三年ほど前のことながら、アマンダは言い淀《よど》み、一か八かといった感じで、

「オルターナ、川？」

と答えたが、残念。

「テーベ川です」

二択を外したアマンダは、恥ずかしそうにうつむいた。自領に関わらない事件など記憶に残らないものなのかもしれない。しかし、エディスには忘れようもない因縁の災害だ。

「テーベ川の氾濫でオルコット領、スイフト領、スタンレー領など、多くの領が被害に遭いました。その翌年も大雨で東部地域の作物に被害が出て、王は各領の復興を支援されました。今では田畑の修繕、道や橋の再建もほぼ終わっています」

さらりと出てきた自領の名前に、エディスは三年で過去の歴史になるのかと驚いた。確かにその後復興の助成金もいただき、道や橋はほぼ直っている。しかし助成金が出るまでは自腹を切り、その時の借金を今なお払い続けている身としては、いささか「異議あり！」な講義であるが、エディスはあくまで付き添い。口をはさむことはなかった。

冷静でいて冷たさはなく、判断力もあり聞き上手なマジェリーに対し、おしゃれに関心が高く、おしゃべり好きで好き嫌いが多いアマンダ。共に学んでいても理解力に明確な差があり、マジェリーが評価されるほどにアマンダは勉強への意欲をなくしていき、しぶしぶ講義を受けているのは見ているだけでも明らかだった。

爵位と令嬢の質はまた別問題ではあるが、現状では残念ながらアマンダの方が劣勢と言わざるを得なかった。

講義自体は面白いのに集中できないアマンダを見て、エディスはせっかくタダで勉強できるのにもったいない、学業なんていつでもできると思って甘えてるな、と思いはしたが、余計なことを言って令嬢の不興を買わないよう、口をしっかりと結んだ。

初めは不安げにしていたアマンダだったが、回を増すごとに不安が不満に変わっていった。お茶の時間に侍女のチェルシーがアマンダに出した飲み物が気に入らないと難癖をつけられ、三十分にわたって嫌味を言われた。チェルシーはもう二度とアマンダのお茶出しはしたくないと泣きつき、別の担当に配置替えになった。

次の担当者が決まるまでエディスがお茶出しを引き受けたが、幸い機嫌の悪い時ではなかったようで、侍女が代わったことにさえ気が付いていないようだった。

お茶を下げる時に、アマンダのいた席から一口かじっただけで放置された焼き菓子を数個見つけ、グルメなのも困ったものだとエディスは溜め息をつきながら片付けた。

侍女見習い期間が終わると、エディスは正式に侍女として採用され、そのまま第一王妃宮に残り、リディアの子供であるカーティスの側付きになった。

同じ宮をうろうろしていたので存在は知られていたはずだが、側付きになった挨拶をしに部屋に

行くと、クールな立ち姿から一転、カーティスはぷっと吹き出し、

「ご……ごじゃいましゅ、だ……」

と懐かしいネタをつぶやいてエディスを指さし、大笑いした。

いつにない王子の笑いっぷりに周りにいた者達も目を丸くしていたが、言われたエディスはにこりともせず、よくも覚えていやがったな、と恨みを込めた視線を送った。

王子には既に側近が三人いて、身の回りのことはエディスがいなくても不足はないようだった。なので自分には大した仕事は回ってこないだろうと思っていたのだが、お茶出し、着替えの補助はもちろん、物品の管理、スケジュール管理、極秘でなければ書類の扱いも任された。側近のエドガー、イーデン、デリックはエディスに遠慮なく仕事を振り、時にはエディスに任せて誰もいなくなることもあった。そこまで信用されるのも少し不安ではあったが、期待を裏切らないよう与えられた仕事を着実にこなすことを心がけた。

一月に一度行われるカーティスと婚約者アマンダの定例のお茶会の世話も、エディスの仕事になった。

王妃教育の時以上に張り切っておしゃれをしてくるアマンダ。派手な色のドレスを好み、栗色の髪は時にクルクル時にふわふわでドレスと同系色のリボンがつけられている。身につけているアクセサリーは家の財力は示しているが主張が激しく、もう少し控えめな方がドレスに合っているよう

に思え、全体のまとまりは大きく外している訳ではないのだが、とかく最大限頑張っている感が強かった。

アマンダの好き嫌いは概《おおむ》ね把握しており、エディスが担当になってからお茶が原因でアマンダが荒れることはなかった。

「殿下、ご機嫌いかが？ 今日のこのドレスはルドール王国から取り寄せたレースを使っておりますのよ。先日お父様が私のために取り寄せてくださいましたの。お父様はルドールの商会にもお知り合いの方がいるので、最新のものを惜しみなく提供いただけますの。それに……」

今日の装いに関する話からはじまり、家のこと、父親のこと、新しく手に入れたもの、おいしかったお菓子の話まで、自分がいかに大切にされているか、愛されているかを一方的に喋《しゃべ》りまくるアマンダ。それを微笑みを崩すことなくただ聞いているカーティスの我慢強さには敬服した。そのほとんどが自慢話で、一時間のお茶会はアマンダの独壇場だった。

退席する時のアマンダはご機嫌で、すっきりとした顔をしていた。

アマンダが帰った後、エディスがお茶を入れ直すと、死んだように無表情のカーティスが、

「……長話が苦痛だって、婚約破棄の理由になるかな」

とつぶやくのを聞き、エディスは、

「なる訳ありません」

と答えるしかなかった。

二人の王子の誕生会が近づいてきた。王家主催の恒例行事の一つだ。

その年も合同で行われると聞いていたが、第一王妃宮では不思議なほどに何もなかった。侍女仲間のチェルシーに聞くと、

「例年誕生会はメレディス様が主催されるから、第一王妃宮はお手伝いの要請があれば行くくらいなのよ」

とのことだった。

リディア妃は自分の子供の誕生会でありながらその運営をメレディスに任せきっていた。第二子であるクレア王女のお世話に忙しいのもあるだろう。リディアは王妃としては珍しく自身で子育てをし、乳母をつけていなかった。

開催日は今年もジェレミーの誕生日。聞けば隔年交代でもなく、これまでも毎年ジェレミーの誕生日に行われているのだそうだ。運営的には日付が固定されている方が楽なのだろうが、祝われる者にとっては偏ってはいけないところだろう。

第二王妃宮の要請を受けてエディスも何度か手伝いに行ったが、こちらは半端なく準備に追われ

ていた。国内外から連日祝いの品が運び込まれ、来賓の子供達に配るための「お返し」のプレゼントも用意されている。格の低い家の子供が呼ばれたのはあの二年前の婚約者を決めた時だけで、将来王家を支える上位貴族の子女と交流を図る大事な行事だ。テーブルのセッティングプランも、出されるメニューも、子供達の興味を引くようかわいさが重視されている。

こんなに事前に手間をかけて祝いの準備がなされているのを見れば、祝われる者は自分が愛されている特別な存在だと実感することだろう。

ジェレミー自身は毎年の恒例行事に慣れているようだ。エディスを含め手伝いに来た第一王妃宮の侍女達に、

「私の誕生日のためにお手伝いありがとう」

とにこやかな笑みを添えて礼を言っていた。侍女達は皆頬を染め、謹んで礼を返した。エディスも言われて礼をした。しかし、

〝私の誕生日〟

その言葉がひっかかった。

侍女にも他の下働きの者にも気を配ることができる、悪くない人だ。

〝私の誕生日〟？

いや、そこは「私達の誕生日」でしょう。

「お母様、お誕生日おめでとう！」

自分の家では、その日は家族みんなが笑顔でお祝いをする日だった。

果物が好きな母のために、父は遠方から変わった果物を取り寄せていた。食べたことのない果物は口にするだけで冒険だった。当たれば大喜び、ハズレでも笑って思い出にできた。

酸っぱい果実にみんなで顔をしかめ、大笑いしたあの日。母の笑顔を今でも覚えている。


エディスは二年前の誕生会でガゼボの裏に座り込んでいたカーティスのことを思い出していた。平気ぶってはいるが、カーティスが誕生会を前にして心穏やかでないのは想像がつく。自分も一緒に祝ってもらえる。だけどその日は他の人の誕生日。他の人のために準備された誕生会など……。


エディスは第一王妃宮に戻るとリディア妃の元を訪れ、自分のちょっとした計画を話し許可を求めた。リディア妃はにっこりと笑って了承し、上質な紙を提供してくれた。

「私にも協力させて。この辺り、空けておいてくれる？」

リディア妃のリクエストを受け、一番上の中央に余白を用意した。


エディスは非番の日にあえて侍女のお仕着せを着て王城を巡り、協力を求めると、みんな快く引き受けてくれた。

できあがったものをリディア妃に渡すと、その日のうちに戻され、余白はなくなっていた。リディア妃だけでなく、王までもが協力してくれていた。恐れ多いと思いながらも、エディスは王や王妃もまた父親であり母親であることを嬉しく思った。

そして自分も、紙の隅っこに小さく名を残した。

誕生日　カーティス十三歳

その年も二人の王子の誕生パーティーは合同で、相変わらず日程は第二王子のジェレミーに寄せられていた。カーティスは今さらどうにかしようという気はなく、早く合同でなくなるか、祝われなくてもいいようになることを願うくらいだった。

ジェレミーがいなければ……。

ふと思い立っただけなのに、心が揺れるのを感じた。

例年パーティーがあるからと、自分の本当の誕生日は母から祝いの言葉をもらう程度で簡単に済まされていたが、今年は食後に小さなケーキが用意され、妹からも「おめでと」と声がかかった。

少し機嫌よく部屋に戻ると、机の上に一枚の紙があった。

そこには、第一王妃宮で働く馴染みの者や仲の良い騎士団の者達から祝いの言葉が一言ずつ書かれていた。

おめでとう　間もなく始まる学生生活が

楽しいものとなるよう願っている

父から添えられた言葉。今日は不在だったが、忙しい中こうして言葉を書き添えてくれるほどには自分のことを気にかけてくれているのだ。

書かれたメッセージは一言でも、みんなが祝ってくれている。自分の本当の誕生日に、自分のことを。

エディスから書かれていたのは、

おめでとうございます
ちょっとの間だけ同い年ですね

だった。この文でエディスは一つ年上なことに気が付いた。

後からエディスが紙を持ってみんなの所を回っていたと聞いて、思わず笑みが漏れた。

お礼を込めて、エディスの誕生日には侍女頭に頼んで部屋に小さな花束を届けてもらった。誰からとも書かなかった花束は、枯れるまで部屋に飾られていたと聞いた。

第三章　カーティスの進学

エディスがカーティスの側付きになって一年もしないうちに、カーティスは王立学校に進学することになった。

学校はさほど遠くなく毎日城から通うが、昼間は同い年の側近デリックが同行し、カーティスが学校に行っている間、エディスが王城ですることは多くなかった。

エドガーとイーデンは平日の昼間は騎士団兼務となり、エディスもカーティスの妹であるクレア付きの侍女に変わると聞かされていたのだが、何故か引き続きカーティス付きの侍女のままで、昼間だけクレアの侍女の手伝いをすることになった。


クレアは王家唯一の王女で、四歳とまだ幼い。金色の髪は少し癖毛で、王妃譲りの水色の目がエディスを見てニコーッと微笑んだ。

見習い侍女だった頃から、時々クレアのお世話はしていた。

初めて会った頃のクレアのマイブームは「お馬さんごっこ」だった。

誕生日に木馬を与えられ、えらく気に入ったクレアが次に選んだのは、人間木馬だった。四つん這いになった人間にまたがり、

「さあ、行くのよ、ハイヤー、ハイヤー！」

と部屋中を走らせる。若くない侍従は腰を痛め、クレア付きの侍女達は四つん這いを嫌がり、馬役を務めてくれる者がいなかった。

挨拶をすると、ニコーッと微笑みながら袖を引っ張られた。その目は新しい馬が来た期待と喜びにあふれていた。

クレアからのご指名もあり、一番若かったエディスは積極的に馬役を命じられた。絨毯《じゅうたん》があってまだ助かったが、侍女のお仕着せは埃《ほこり》だらけになり、追加で新品のお仕着せを三枚も支給してもらった。

いろいろ試行錯誤し、時にはクレアを紐で体にくくりつけて暴れ馬まで演じ、クレアには大うけではあったが、周りの者は皆クレア王女に何かあったらと気が気でなかった。

二か月もすると人間木馬に飽きてくれてハードな子守りではなくなったが、すっかりクレアに気に入られ、「エディス、来てー！」とご指名で呼び出されることもあった。

カーティス付きになってからは、お世話をする機会も減っていたが、そのエディスが昼間だけとはいえクレアの侍女になったのだ。クレアが喜ばない訳がなかった。土で汚れようと木の上だろうと虫相手だろうと城内を走り回らされようと躊躇《ちゅうちょ》することなくクレアの要望に応えようとするエディスは、クレア付きの侍女から重宝がられ、王女のお気に入りだからと言って嫉妬を向けられるようなこともなかった。

エディスがカーティス付きのままのパートタイム侍女だということはクレアもわかっていて、

「そんなわがままを言っていると、エディスが来てくれなくなりますよ」

と言われると、しゅんとなっていい子になろうとする。そんな姿を見るとエディスにはクレアが妹のように思え、不敬と思われない程度に存分にかわいがってあげることにした。


夕方になるとクレアの元を離れ、汚れがひどい時はお仕着せを着替えてからカーティスが戻る頃合いを見計らって玄関で待機した。

カーティスが初めての学校生活から戻って来た日。

「お帰りなさいませ」

と礼をして、荷物を預かるために手を伸ばしたが、カーティスは鞄《かばん》を手渡すことなく、笑顔で、

「ただいま」

と言って通り過ぎた。

あれ？　段取り、違ったっけ？

エディスはすぐ後ろにいたデリックに視線で問いかけたが、ぶるぶると首を横に振っている。気が付けば、鞄を預かる手を出したままだった。別にデリックの荷物を預かる気はなかったのですぐに手を引っ込めた。

「エディス、行くよ」

カーティスに呼ばれて慌てて後を追ったが、ただ挨拶をして手ぶらでついて行くだけ。もしかしたらお出迎えの必要はないのではないか、とふと疑問に思った。

制服の上着を預かりながら、

「明日はお部屋でお待ちした方がよろしいでしょうか」

と聞くと、

「迎えに来てくれた方が嬉しいな。忙しいなら任せるけど」

そう言われると、お出迎えしない訳にはいかない。

荷物が多い時には小さな鞄や書類を渡され、時には街で買ったらしいお土産のお菓子やどこかでもらった花束、寒い季節にはつけていた手袋やマフラーを渡されることはあったが、エディスがいなくても運べる程度のものばかり。少なくとも荷物の運搬要員としては役に立っているとは思えず、主人を出迎える侍女の役割はエディスには不要かつ無駄なものに思えてならなかった。


学校には他国からの留学生もいて、王族の子女であれば二人の王子がその世話役を担っていた。カーティスは休日に出かけることもあり、側近の三人のうちだれかがついていくことが多かったが、時にエディスが同行することもあった。とは言っても後ろで控えるくらいで何か特別なことをする訳ではなかったが、カーティスは聞かれたことにはさらりと答え、それなりに相手の要望にも応じ、相手の国に賛辞を送りながらさりげなく自国を売り込むことを忘れない。王子たるもの、いい服を着ていいものを食べている分、ちゃんと働いていることに納得した。

王家所有の馬車は作りがよく、王都周辺の道はきちんと舗装されていることもあって、緩やかな振動が程良い眠気を誘い、時々帰りの馬車で居眠りしてしまうことがあった。客が同乗している時は必死にこらえるのだが、気が付けばこくり、こくりと舟をこぎ、カクンと倒れそうになって目が覚め、慌ててごまかしていた。しかし、

「エディス、着いたぞ」

声をかけられてはっと目を開けると、カーティスの肩を借りて寝ていた時はあまりのことに飛び起き、馬車の天井に頭を打ち付けてしまった。

「も、申し訳ありません！」

自分の頭をなでながらひたすら平謝りしたが、カーティスからは、

「疲れてるんだろう。無理するな」

の一言で許してもらえた。

初めて会った時は同じくらいの背丈だったのに、いつの間にか肩の位置が高くなっていて、丁度いい枕になっていた。普段は同行する時でも数歩下がり、肩を並べるなどということはあり得ない。当然馬車の中だって……。

あれ？

ふと不思議に思い、エディスはカーティスに尋ねた。

「向かい合って座っていたはずなのに、どうして隣にいらっしゃったんですか？」

「気持ちよさそうに寝てたから毛布を掛けようとしたら、急に馬車が揺れておまえが倒れてきたんだ」

なんと、従者である自分に毛布を。エディスは恐縮してさらに深く頭を下げた。

「そ、それはありがたくも、申し訳ありませんでした。次からは遠慮なく起こしてください」

「……別に、肩を貸すくらい、何てことはない」

ぶっきらぼうに答えるカーティス。そうは言われても、主人を進行方向に背を向けて座らせ、自分はもたれかかって爆睡しているなんて、侍女の風上にも置けない行為だ。

「次は、絶対に起こしてくださいね。絶対ですよ」

念押しするエディスにカーティスは呆れた様子で、

「居眠りしないという気持ちはないんだな」

そう言われると、ぐうの音も出なかった。

非番の日、エディスは久々に街に買い物に出かけた。

動物の出てくる絵本を見ていた時に、

「クレア様はどんな動物が好きですか？」

と聞いたところ、クレアは、

「ウサギ！」

と即答した。クレアの誕生日が近く、それならウサギの刺繍の入ったハンカチかブラッシング用のケープでもプレゼントしようかと思い付き、その材料を買いに来たのだ。

王都の家に母が使っていた刺繍の図案集があったはず。買い物が終われば家に取りに行こうと思っていたところ、精肉店の店先でモデルを見つけた。茶色と、黒茶のウサギが二匹、檻《おり》に入れられている。

丁度いい。持っていた紙の裏にラフなスケッチを描いていると、店主から、

「飼うなら持って帰ってもいいぞ」

と言われた。

「畑を荒らしてたのを連れて来られたんだが、まだ小さ過ぎて食うところがないだろう。かわいがるもよし、育てて食うもよし。どうだ？」

クレアの誕生日に本物のウサギはどうだろう、とふと考えたものの、クレアは大喜びするだろうが、世話をすることになる侍女達が嫌がるに違いない。ウサギはかわいいがすぐに増えるし、畑を

荒らすものだ。それに生き物を安易に王城に持ち込むのはよくないだろうと思い、
「うーん、見るだけにしておきます」
と答えた。小さな子供達がウサギの周りに集まってきたので、エディスはスケッチを切り上げて場所を譲り、手芸品を扱う店に移動した。

王女が使うとなると、ハンカチやケープであっても安物で済ます訳にはいかない。白か淡い色の布にしたいが、白い布に白い刺繍は子供には受けないだろう。黒や茶色のウサギも色としては地味だ。何かもう少し面白いものは……と思いながら店内を探していると、手触りのいい少し厚手の布が手頃な値段で売っていて、布を触っているうちにふとひらめいた。

ぬいぐるみでも作ってみようか。

抱っこするほど大きなものは難しいが、手に収まるくらいの大きさならできなくもない。立体を作るのに型紙が欲しいところだが、昔父母に買ってもらったぬいぐるみが今でも家のどこかにあるはず。

布と、そろいの色の糸、目に使う黒いボタンを買いそろえて店を出ると、店の外には学校帰りの学生がたむろしていた。近くのカフェに入ろうと順番待ちをしているようだ。

エディスはよけて通り抜けようとしたが、よそ見をしていた女子学生がぶつかってきた。それなのにエディスの方からぶつかってきたかのように睨みつけ、

「何よ、邪魔ね、あなた」

と突っかかってきた。その態度に目と目を合わせると、

「あらやだ。誰かと思ったら……。ごきげんよう、エディス・スタンレー子爵令嬢」

そう言って目を細めた令嬢は顔見知りだった。

レオナ・マクレガン伯爵令嬢。母親同士が知り合いで、何度かマクレガン家のパーティーに呼ばれたことがあったが、母がいなくなってからは交流はなくなっている。家格も違い、張り合うようなものは何もないのに、事あるごとにライバル心をむき出しにしてくるので、あまり好きな相手ではなかった。

エディスは型通りの挨拶を返した。

「ごきげんよう、レオナ様」

レオナはエディスの平民と変わらない普段着を一通り観察した後、

「学校でお見かけしませんわね」

と言ってきた。この時間に制服を着ていない意味をわかっていて、あえて聞いているのだろう。

隠す必要もないので、

「学校へは行っていませんので」

と答えると、

「あらまあ、それはお金にお困りだから、かしら？　大変ね。お気の毒様」

そんなことで勝ち誇ったような顔をされても困るのだが、それで気が済むならいいだろう、と黙って会釈をし、その場を離れようとしたところに、

「よかったら、一緒にお茶でもいかが？」

と誘ってきた。口では誘いながら、目を見ればその気がないのは明らかだ。エディスにしてもレオナとお茶をするくらいなら部屋で水を飲んでいる方がよっぽど有意義だ。

「いいえ、遠慮しておきます」

断るエディスに追い打ちをかけるように、

「お金の心配でしたら無用よ。私がお誘いしたんだもの。代金は払って差し上げますわ。……ああ、気詰まりかしら。ここにいるのはみんな王立学校の学生だもの。学校にも行けないあなたでは話題が合わないわね」

後ろで、取り巻きと思われる女子学生二人がくすくす笑っていた。どうせ笑うなら嘲笑とは違う笑い方だってあるだろうに。類は友を呼ぶとはまさにこのことだ。

「伯爵様のお金を私ごときのためにお使いいただく必要はありません。遠慮させていただきます。では」

皮肉を向けられても顔色一つ変えず立ち去ろうとするエディス。

レオナは昔からエディスのことが気に入らなかった。格下の子爵家の令嬢のくせに、伯爵令嬢の自分の機嫌を取ろうともしない。それどころか、一つ年上なのをいいことに自分に意見してきたこ

ともあった。学校にも行けない貧乏子爵家の令嬢なら、もっと後ろめたそうにしていればいいのに。侍女も連れずに一人で平気で街をうろつき、それを恥ずかしいとも思っていない。それでいて未だに貴族を名乗っていることさえ気に入らない。レオナはエディスに思い知らせてやりたくなり、なお嫌味な言葉を放った。

「浪費家の親を持たなくてよかったわ。学校にも行っていないならお暇でしょう？　貴族令嬢なら別の形でお父上のお役に立つことだってできるでしょうに」

何を言われても気にしないでいようと思っていたエディスだが、その物言いには我慢できなかった。

振り返り、レオナの目を見据えると、

「父は浪費家ではありません」

と言い切った。

「父は自分のために借金をした訳ではありません。建て直した橋の幅を広げたことを贅沢だとでも思われているのでしょうが、それまでの交通量を考慮したものです。たとえスタンレー家が破産しても、領民には橋が残り、領を豊かにするはず。父の判断は正しいと信じています」

街を歩く平民とさほど変わらない服を着て、身を飾るものは何もつけていない。それなのに、エディスは貴族としての矜持《きょうじ》を見せていた。

「融資と引き換えにした縁談もありました。貴族なら家を守ることを優先し、当然縁談を受けるでしょうが、父は私にそれを強いませんでした。私を売る選択をしなかった父を、私は誇りに思っています」

小さく歯ぎしりをして睨みつけてくるレオナに、エディスは視線をそらすことなく対峙していた。カフェの入り口付近で、手を振っている学生がいた。どうやら席が空いたようだ。さっきまで一緒に笑っていた女子学生達が逃げるようにカフェの方に向かって行った。

店に入っていく学生達の近くにデリックの姿を見かけた。ということはあの集団の中にカーティスもいるのだろう。エディスはこんな所でうっかりけんかを買ってしまった自分を反省し、少し長い瞬きをして息をつき、笑顔を作った。

「ご学友の方々と有意義な時間をお過ごしください。学校に行けるレオナ様を羨ましく思います」

あえて羨ましいという言葉を向けると、レオナの睨みつける視線が和らいだ。少しは気が晴れたようだ。ようやくこの場を離れられると思っていたところに、レオナの背後から人影が現れた。

「何をしている?」

「殿下!」

声をかけてきたカーティスをレオナは笑顔で迎え、礼をした。エディスもすぐに礼をし、頭を下げたまま一歩下がった。

「知り合いを見かけたもので……」

レオナはカーティスが自分のそばに来たことに機嫌を良くし、より近くに歩み寄った。そしてエディスにちらっと視線を向けると、得意げにカーティスを紹介してきた。

「こちら、カーティス殿下よ。語学研究会でご一緒しているの」

王子と知り合いであることを自慢したいのだろう。そう思ったエディスは、黙って礼をした。それなのに、カーティスは、

「買い物か？」

とエディスに話しかけてきた。ここで自分に話しかけてこなくても……。レオナに花を持たせ、自分のことはしらばっくれてほしかったのだが、そう思い通りにはいかなかった。

相手は自分が仕える主人だ。聞かれれば答えない訳にはいかない。

「はい。買い物を終え、家に戻るところです」

街で偶然会った王子と普通に話しているエディスを見て、レオナは大きく目を見開いたまま固まっていた。

「それは何だ？」

カーティスに指さされた先を見ると、鞄に入れていたウサギのスケッチが半分飛び出していた。

「ああ、先ほど精肉店でウサギをスケッチしまして」

「に、にに、にく……！」

精肉店でスケッチ、と聞いてレオナは悲鳴をあげて、数歩退いた。変な誤解をされたような気がしたが、あえて言い訳せず放っておいた。

「俺もそろそろ時間だ。一緒に帰ろう。ちょっと待ってろ」

エディスが戻るのは王都にあるスタンレー家の屋敷なのに、何故一緒に帰ることに？　何だかわからないうちに、カーティスは同行していた学生達の元に戻っていった。暇《いとま》を告げに行ったのだろう。

「あなた、殿下とお知り合いなの？」

落ちぶれ貴族が王子と面識があるなど全く予想もしてなかったのだろう。探るように聞いてきたレオナに、エディスは事実をそのまま答えた。

「王城で、殿下の侍女をしています」

「じ、侍女？　王子付きの？」

エディスが頷くと、レオナは不満をにじませながらも、王家の使用人に過ぎないエディスの立場に安心したようだ。

「なぁんだ、そうだったのね。所詮……」

しかしカーティスが戻って来たのに気付くと、あえて追加の嫌味は控えた。

「レオナ嬢、すまないが私はこれで。みんなもレオナ嬢を待っているようだ」

「はい。それでは失礼します」

カーティスに促され、レオナは一礼すると学生達のいるカフェへと向かって行った。ようやく面倒な相手と離れられたことに安心したのも束の間、今度は非番なのに主人のお守りだ。

「家に戻るんだな。一緒に行こう」

「そんなに離れていないので、歩いて行きますが」

「じゃあ、そうしよう」

カーティスが手で合図をすると、デリックはいなくなった。馬車へ連絡に行ったのだろう。

どこの王子が街中で護衛もつけずに平民と変わらない格好の女と歩きたがるのか。しかし機嫌よくついてくるので、エディスは諦めて歩みを進めた。肩を並べて歩ける立場ではないのに、今日はすぐ隣にいる。どうにも落ち着かず、少し下がろうと歩みを緩めるとカーティスも緩めるので、いつまでたっても下がれない。とうとう歩みが止まり、どうしたものか困っていると、

「どうした？　おまえの家まで案内してくれ」

確かにカーティスがエディスの家を知っているはずもない。エディスは道案内のため先導することにしたが、カーティスはぴったり隣にいる。距離が近い。これではまるで友達か恋人のようだ。

「父上を、尊敬してるんだな」

いきなりそう言われて、さっきの顛末《てんまつ》を立ち聞きしていたのだと察した。どこから聞いていたんだろう。エディスは横目でカーティスを睨んだ。

「もちろんです。殿下もそうではありませんか？」

「ここで殿下は避けてくれ。カーティスでいい」

「ご冗談でしょう？　私はで……、あなたをお名前でお呼びできるような立場ではありません」

「街中でその肩書きを呼ばれる方がまずい」

それは確かにそうだ。エディスは小さく頷いた。それなら、できるだけ呼びかけなければいいだけだ。

「エディスの話を聞いて、スタンレー子爵のことを見直した。借金を抱える領にはいろいろと事情があるだろうが、確かにおまえを身売りして借金を何とかしようとはしなかったな」

「まあ、言われれば領のために嫁に行くくらいの覚悟はありましたけど。そうしろと言われなかったのは、私にとってはありがたいことでした」

貴族令嬢として家の役に立つ最も簡単な方法を父は取らなかった。レオナに言われたことで、エディスは改めて父の自分への愛情を感じ、少しだけレオナに感謝した。

「母が言ってました。父は発想はいいけど、金銭感覚がちょっと緩いと。橋のことも自分達の分に合った程度にしておけばと言う人もいます。でも私も兄も、父の考えは間違っていないと思っています。我が家がなくなっても、領民はそこで生き続ける。あの橋を広げたことは無駄じゃない。そう思うと、学校に行けなくても、侍女として働くことも、それほど苦ではないんです。……貧乏は嫌ですけど」

こんな話をしていてふと思い出した。

「機会があったら、陛下にお礼を言っていただけますか？」

いきなりそう言われてカーティスは何のことかわからず、

「何を？」

と聞き返した。

「水害復興の助成金をいただき、ずいぶん助かりました。水害に遭った領に携わる一人として、お礼を言いたいのです。お礼を言うにはちょっと時間が経ってしまってますが」

「……」

少しカーティスの反応が微妙だった。

「もしかして、陛下ではなく、どなたか文官の方の思い付きですか？」

「まあ、な」

カーティスの肯定にもエディスの笑顔は変わらなかった。

「思い付いてくださった方にも、それをお認めいただけたことにも感謝してます。陛下にも、その文官の方にも足を向けて寝られません。便乗できて助かりました」

「便乗？」

急にカーティスは足を止めて、訝《いぶか》しげに、

「何故、そう思った？」

とエディスに問いかけた。

「助成金の話があったの、うちが被害に遭ってから二年近く経ってからだったでしょう？　あの頃は水害が続いてましたから、直近の水害でどこかの領に助成金を出そうと思い立ったのではないでしょうか。そのついででも前年に遡って申請を認めていただけて、本当にラッキーでした」

カーティスは頬を緩めて運の良さを語るエディスを見ながら、

「国政とは難しいものだな」

とつぶやいた。


その日、スタンレー家には子爵もエディスの兄であるアルバートも不在だった。

エディスは出てきたじいやに声をかけ、カーティスには応接室で待ってもらった。じいやがショック死しないか心配しつつ、一緒にいるのがカーティス王子であることを伝えたが、そこは年季の入ったじいやだけあって驚きはしてもうろたえることはなかった。

エディスは刺繍の図案集と、部屋の戸棚の片隅に置きっぱなしだったウサギのぬいぐるみを手に取り、すぐに戻るつもりだったが、ノックの音がして半開きにしていたドアを見ると、カーティスが立っていた。

「何してるんですか？」

「いや、子爵令嬢の部屋というのはどういうものか、興味があって」

開いた扉から中を覗き込むカーティスに、何て失礼な奴だと思いながらも、見られて困るようなものもない。

「見るだけです。入っちゃダメですからね」

と言っているそばからカーティスは中に入って小さな部屋を見まわした。

王城の侍女に与えられている部屋よりは広いものの、壁紙は色褪《あ》せ、家具は長年使っているように見える。天蓋もないシンプルなベッド。飾り気のない部屋。戸棚に置かれているのは本と木箱、小さな人形、そして今エディスが手にしているウサギのぬいぐるみが置かれていただろう空間。机の上にはペン立てとインク、ガラスのペーパーウェイト、その横のハリネズミの形のブラシが愛嬌《あいきょう》をふりまいているが、他は至ってシンプルだ。

想像とさほどかけ離れていない部屋に、カーティスは、

「へえ……」

とつぶやいただけだった。

「はいはい、もうおしまいです」

エディスはカーティスを押し出し、応接室に戻った。

あまり時間はないが、せっかくじいやが入れてくれたお茶が無駄にならないよう、まずエディスが先に飲んで毒見をした。家では出してもらった覚えがない、いいお茶だ。

エディスはじいやをじっと見ると、

「どこにこんないい茶葉が……」

とつぶやいたが、じいやは、

「ここぞという時のものを用意しておくのも、侍従の務めでございます」

と言って、にっこりと笑った。今は侍女をしている自分にとって、じいやは永遠に勝てない先輩だ。

迎えの馬車が敷地内で待っていた。よその馬車の応対をするのはかなり久々だろうが、じいやは手慣れたものだった。さっと扉を開けると深く礼をしたままの姿勢を保つ。カーティスが乗り込み、エディスは誰の手も借りずにその向かい側、デリックの隣に座った。いつもじいやが扉を開けてくれた時とは違う作法に慣れている自分に気が付いた。

じいやはエディスに小さく頷き、笑みを見せた。それは侍女として頑張っているエディスを励ましてくれているように見えた。

「お気を付けて。お嬢様をよろしくお願いいたします」

そう言ってじいやは深く礼をし、扉を閉めた。

カーティスはエディスが手にしているウサギのぬいぐるみが気になっていた。

「わざわざそれを取りに戻ったのか？」

「クレア様のお誕生日に、ウサギのぬいぐるみを作ってみようかと。これをほどけば型紙がとれるかと思いまして」

「……ほどくのか？」

「後でもう一度縫えばいいですから」

ウサギの手を動かしながら、大したことではないようにエディスは答えた。

「さっきのスケッチもクレアに？」

「最初は刺繍にしようと思ってたんです。精肉店の前にたまたま檻に入った仔ウサギがいたので図案の参考にスケッチしてみたんですが、ぬいぐるみの方がいいかなと。……クレア様には内緒でお願いしますね」

手にしている古びたウサギのぬいぐるみをじっと見つめながら、エディスはそっと笑みを浮かべた。母からウサギのぬいぐるみを手渡された時のことはかすかにしか覚えていないが、嬉しかったことは今でも覚えている。

「よかった」

カーティスの安堵《あんど》の言葉にエディスが顔を上げると、

「ウサギをスケッチするために精肉店に行ったんじゃなかったんだな」

「かわいいウサギのスケッチに精肉店を思い付きます？　何ですか、その悪趣味な想像は」

「多分、レオナ嬢も同じことを想像したんじゃないか？」

あの悲鳴からして、それは外れてはいないだろう。しかし、レオナに何と思われようとエディスには関係なく、むしろ今後も距離を置いてもらえた方がありがたい。

「あの方にはそう思わせておいてください」

そう言って、この話題を切り上げた。

その後、クレアには無事お手製のウサギのぬいぐるみをプレゼントできた。ずいぶん気に入ってもらえ、夜は枕のそばに置いていた。

自分のぬいぐるみは、ほどいたついでに洗濯をし、再度縫い直したが、以前とはどこか違っていた。父母からの贈り物をなくしてしまったような寂しさはあったが、それでも机の上に座るウサギは母に代わって自分を見守ってくれているような気がした。

誕生日　カーティス十四歳

その年のカーティスの誕生日には、父王も忙しい時間を割いて一緒に食事を取ってくれた。

家族四人がそろい、いつもより少し特別なメニュー。自分だけに向けられた祝いの言葉を礼をして受け取った。


部屋に戻ると、妹のクレアが描いたと思われる絵が置いてあった。

「おたんじょび　おめでと」

と書かれた下には豪快なタッチで人間が描かれ、妹とは違う字で解説が書き込まれていた。

『本日の主役!』

濃紺の目には「笑ってるようで笑ってない」

薄茶の髪には「さらさら、後ろがはねやすい」

線で表現されたものには「手」「手」「足」「足」

楕円の「胴」は一部が赤く塗られていて、血塗られたように見えたが、「制服　タイ?」

そして右下には

容姿　5
性格　3
体力　4
頭脳　5
総合　4
評価者　クレア様
もっと一緒に遊んであげると高得点が期待できるでしょう

と書かれていた。
「なんだこりゃ」
思わず吹き出してしまった。
気が付けば、来週行われる誕生会の日付など気にならなくなっている自分がいた。
エディスの誕生日には、その年も花を部屋に届けてもらった。
自分からだとわかって遠慮されても困るので、結局送り主の名は告げなかった。

第四章　婚約者達の事情

カーティスが二年生になると、婚約者のアマンダ、弟である第二王子のジェレミー、その婚約者のマジェリーがそろって新入生として学校に入学した。なかなか濃い面々がそろった年だ。

アマンダとマジェリーが同じクラスになったと聞き、エディスは王城での王妃教育の時のようにアマンダが拗ねてしまうのではないかと心配していたが、二人の関係は微妙ながらも適切な距離を置き、王子の婚約者に選ばれるほどの令嬢だけあって問題を起こすようなことはなかった。周囲もマジェリー派とアマンダ派に分かれてはいても、敵対する関係ではないようだ。


エディスはいつものように学校から戻ってきたカーティスを出迎えると、ハンカチを渡された。

「こちらは？」

と尋ねると、

「学校で借りた。洗っておいてくれ」

しわになり、少し湿り気がある花柄の刺繍が入ったハンカチ。どう見ても女性の持ち物だ。見たままに、

「……女性物ですね」

とつぶやいたエディスに、カーティスは足を止め、ちらりとエディスに視線を向けた。

「水やりの水が足元に少しかかっただけだったんだが、向こうが気にしてね。……エイミー・ウォード男爵令嬢と言ったかな」

見れば、確かにズボンの裾がまだ湿っているようだ。靴にも水がかかっているだろう。靴磨き担当が嘆く姿を想像し、エディスは気の毒に思った。

「それは災難でしたね。お返しはこのハンカチだけでよろしいでしょうか。何か他のものを添えられますか？」

「いや、不要だ」

エディスは目立った染みがないか確認すると、ハンカチをエプロンのポケットに入れた。いかにも事務的だった。

「学校で命拾いしましたね。他の場所で王子に水をかけたりしたら、ただじゃすまなかったでしょうから」

「……そうだな」

エディスの味気ない返答に、カーティスは小さく溜め息をついて自室へと足を向けた。

カーティスが去った後、エディスが聞くまでもなくデリックがその人物について教えてくれた。

エイミー・ウォード男爵令嬢。今年の新入生で、マジェリーやアマンダと同じクラスに在籍している。父親は一代で財を成したやり手の貿易商で、五年前に男爵位を得た新興貴族。それ故にエイミーは庶民感覚が強く、一部貴族の令嬢からは礼儀がなっていないと不評を得ているものの、持ち前の明るさと見た目の愛らしさ、実家の財力で男子学生からはそれなりに人気があるらしい。

その後も学校から帰ってきたカーティスから、

「先生を囲んで座談会をしたんだが、その席でエイミー嬢が珍しい茶菓子を振る舞っていたよ。同じものが手に入ったからエディスも食べてみるといい」

「このペン、なかなか書き味がいいんだ。エイミー嬢の実家で扱っている輸入品らしい」

「エイミー嬢から勧められた本がなかなか面白いんだ」

と、何かとその名を耳にすることが増えていった。どうやらお気に入りらしい。いろいろ聞かされたところでエディスは、

「そうですか」

と軽く受け流していた。

普段カーティスと共に学校に行っているデリックに、

「おまえはエイミー嬢のこと気にならないのか？」

と聞かれたが、エディスは、

「王子とはいえ年頃の少年だから。問題を引き起こさない程度に、分をわきまえた付き合いで済ませてくれるといいけど」

と答えた。デリックはエディスの答えがつまらないとでも言いたげに、

「あっさりしたもんだな」

と返したが、

「そっちこそ。今は見逃せる程度と思ってるのよね？　危うい関係になったら止めるでしょ？」

そう言われるとデリックは反論できず、会話は途切れた。


月に一度のカーティスとアマンダとのお茶会は、二人に合わせて放課後に学校内のサロンを借りて行われるようになり、その時だけエディスも学校に向かい、サロンのキッチンを借りてお茶の準備をした。

アマンダは相変わらず饒舌《じょうぜつ》で、学校であったこと、サロンであったこと、夜会であったことなどをカーティスに語っていたが、やがて回を追うごとにエイミーを中傷する発言が増えていった。

半年ほど過ぎたある日、アマンダはお茶会の席で友人のアーシャの婚約者に手を出すエイミーのことを怒りながらカーティスに話していた。

「……先日なんて、エイミー様がリオネル様の腕をとって歩いてらしたんですのよ。リオネル様に

はアーシャ様という婚約者がいらっしゃるのに。私がそのことを注意したら、それの何がいけないんですか、ですって。アーシャ様が悲しまれているのに、リオネル様もへらへら笑うばかり。あんまりだと思いません？　元平民と言えば何でも許される訳ではありませんわ」

その話を聞いているうちにカーティスの笑顔が消えた。いつもならそれでも黙って話が終わるまで聞いているところだが、大きく溜め息をついた後、

「よくもまあ、悪口ばかり出てくるものだな」

とだけ言って立ち上がると、そのままサロンを出て行ってしまった。

静まり返ったサロンにアマンダとエディスが残された。

アマンダはなかなか席を立たず、やがてぽろっ、ぽろっと大粒の涙をこぼし、机に伏せて声をあげて泣き出してしまった。気の強いアマンダがここまで泣くのを放っておけず、エディスがハンカチを差し出すと、ハンカチと一緒に手を握られた。

「カーティス殿下をエイミー様に取られてしまうわ。あの人、何人もの男性に色目を使って……、リオネル様だけじゃないわ。カーティス殿下とだって仲良さそうに腕を組んでたもの。ううぅっ」

カーティスからちらほらと聞いている感じから、何となくカーティスがエイミーに好意を持っているらしいことは察していたが、浮気（？）相手を悪く言われたからと言って婚約者を置いて退席するような態度には問題がある。自分も中傷されている人と同じことをしているとなると、罪悪感もあってこの場から逃げ出したのかもしれない。他人の悪口ばかり言っているアマンダに非がない

とは言わないが、早いうちに関係を修復しなければ取り返しのつかないことになりそうに思えた。

アマンダが少しでもカーティスに好意を抱いているのなら、これを機会にアマンダ自身にも変わってもらいたい。そう思ったエディスは、侍女としては少々出過ぎていると思いつつも、アマンダと話をしてみることにした。

「アマンダ様、カーティス殿下のエイミー様へのお気持ちは、後で聞いておきます。ですが、月に一度のお茶会の度に誰かを悪く言う言葉を聞かされるのも、つらいものですよ」

「だってっ」

「笑顔です、アマンダ様。百の言葉より、一つの笑顔。お茶会で殿下を独占できる短い時間、殿下が心安らぐように工夫されてはいかがでしょう」

落ち込んだ後だからか、アマンダはエディスの言葉を素直に受け取り、こくりと頷いた。

アマンダは十三歳、恋にときめく乙女だ。


エディスは少し甘めの紅茶を入れ直し、アマンダの侍女が迎えに来るまでの間、学校生活の様子を聞かせてもらった。

「学校は楽しいですか？」

「ええ。……あの方のことがなければ」

それがエイミーのことを指しているのは言うまでもないだろう。

「新しいお友達はできました？」

「パーティーでお会いしたことのある方々だけでなく、いろんなお友達ができたのよ。私の周りにいるのはクライトン家とつながりのある方になってしまいがちなのだけど、家の派閥が違ってお話しする機会が少なかった方も、授業の課題で議論しているうちに素敵な発想をお持ちだったり、今まで子爵家や男爵家のご令嬢とはお会いする機会も少なかったのだけれど、そういった方達ともお話しする機会を持てて、とても楽しいの」

話をしているうちにアマンダに笑顔が戻ってきた。

「エディスはご存じ？　皆様欲しいものがあると街にお買い物に出かけ、いくつものお店に出向いて見比べるんですって。時には前のお店の方がよかったって、もう一度戻ったりすることもあるの。お店に並んでやっと手に入れた物を宝物のように見せてくださって、それが本当に嬉しそうなの。私が何か欲しい時は、家に出入りする者が何でもそろえてくれるもの。それが当たり前だと思っていたけれど、お話を聞いていると、なんだかとても楽しそうで」

「……並ぶのは何かと大変ですけどね」

「やはり、エディスもお買い物は自分で？　並んだりするの？」

その質問の買い物は、きっと自分の身の回りの物のことを言っているのだろう。水害があった時には、領民は食料や水を得るために並んでいた。被害のなかった地区や他領から買い付けた食料を手渡すと、感謝する者もいれば、数が足りなくなり罵声を浴びせる者もいた。割り込む者をみんなで追い払ったことも。

「そうですね。王城に勤める前はそうしてました」

エディスはしばらく自分のための買い物をしていないことに気付いた。王城にいれば暮らし向きに不自由はない。日用品だって支給される。自分好みのものにこだわって手に入れたければ、それこそ出入りの業者に頼めば持って来てもらえる。身分は違うが今のアマンダと変わらない生活だ。

「お勉強の方はいかがですか？」

「王妃教育のおかげかしら。思ったより難しくないの。王国史なんて学校で学ぶ以上に詳しく覚えさせられているもの。私、王国語が得意なの。自分でも知らなかったわ。マジェリー様より私の方が成績がいいことだってあるんだから」

常にマジェリーと比較されていたアマンダにとって、マジェリーを抜くことは念願だったに違いない。あまりに得意げなのがかわいく思えた。

「マジェリー様ったら、文学にはあまり興味がないようなの。文学史とか、知識としてはいろんなことをご存じなのに。レイモンドの詩『愛の夜明け』の一節、『思い届けよ夜鳴鶯《ナイチンゲール》』ってあるでしょう？　あの部分を読んで『伝書鳩のように躾《しつ》けて手紙でも届けさせるのかしら？　鳩を使った方が早いでしょうに』ってつぶやいてたの。もう、笑いをこらえるのが大変で」

そんな解説を聞いたらせっかくの恋の詩が台なしだ。悪いと思いながらも、ついエディスも軽く吹き出してしまった。

「……王妃教育でお城に行く朝はいつも気が重かったの。行きたくないって泣いて、お母様に叱られてしまうこともあったわ。でも学校は楽しくて、王妃教育の時間も減ってほっとしてるの」

いつもカーティスと話す時のような、相手に言葉をはさむ隙を与えない圧倒される話し方ではなく、自分の思いを振り返りながらゆっくりと話す会話は聞いていても苦痛ではなかった。カーティスと話をするためにアマンダはどれだけ身構え、気を張っているのだろう。

ふと言葉を止めたアマンダに、

「今日話したこと、ここだけの秘密にしてね」

と言われ、エディスはアマンダに安心してもらえるよう、笑顔で大きく頷いた。

やがていつもお茶会が終わるくらいの時間になると、アマンダの侍女が迎えに来た。

「話を聞いてくれてありがとう」

そう言い残し、サロンを離れたアマンダは、いつものしゃべり切った達成感とは違った満足感を得ていた。


食器類を片付け、持参した茶葉やお菓子をバスケットに詰め直し、王城に戻るべく足を進めていると、先に帰ったと思っていた王城の馬車が待機していて、中にはカーティスとデリックが乗っていた。

「先に戻られたのでは……」

「おまえを置いて帰る訳がないだろ」

侍女の一人など放っておいてもいいのに、妙に義理堅い。それなのに婚約者を放ったらかしにして部屋を出て行ってしまう困った王子。

ずいぶん待たせたことを謝り、軽く礼をすると、エディスは馬車に乗り込み、デリックの隣に座った。

「……アマンダ嬢は」

カーティスも気にはなっていたらしい。

「落ち込んでましたよ。ご不満を伝えるのはともかく、婚約者を部屋に残していなくなるのはないですね」

カーティスはエディスの言葉に少し渋い顔をしながらも、反論する気はないようだ。

「こんなところで聞くのも何ですが……、エイミー様？　でしたっけ？　お気に入りなんですか？」

エディスの質問にデリックは眉間にしわを寄せ、

「お気に入りとか……」

と反論しかけたが、それを遮るようにカーティス自身が、

「そうだな」

　と、悪びれることなく答えた。

「にこやかで、相手を気遣え、一方的にしゃべりたてることもない。一時間も自慢話や他人の悪口を聞かされることもない」

　そこに挙げられているのは、アマンダへの当てつけの言葉ばかりだった。もっとエイミーを褒める言葉が出てくるかと思っていたのだが、エディスの予想は外れた。

「ああいう貴族連中に受けが悪い令嬢と恋に落ち、婚約者の嫌がらせを糾弾すれば婚約破棄は可能だろうか」

　その目の色気のなさに、ああ、これは恋ではないな、とエディスは思った。

「まあ、無理でしょうね。……数年前、隣国で第三王子が婚約破棄をした事件、ご存じですか？真実の愛とやらで、王命で決まった婚約者を大衆の前で一方的につるし上げ、婚約破棄した王子。お相手の方が有力な貴族だったこともあり、政変を恐れた王が王子を追放し、平民に格下げ。碌《ろく》に働いたこともない元王子は市中では何の役にも立たず、真実の愛の相手にも捨てられたそうですよ」

「……そんな事件、ありましたね」

　デリックがエディスの語る事件を思い出し、こくこくと頷くと、

「そううまくはいかないか」

カーティスは面白くなさそうにつぶやいた。

「平民になっても働けないことはないと思うが」

「平民をなめてますね。……まあ、働けるかどうかもありますが、追放されてもついて来てくれるほどお相手の方から愛されているかも大事ではないでしょうか。王子じゃなくても好き、なんて言ってる人間ほど、本当に王子でなくなると関心をなくすものです」

「王子でない俺には魅力がないと？」

カーティスのことを言った訳でもないのにずいぶんひねた物言いに、エディスはカーティスの目をじっと見た。

「そう思うような人を選んだなら、それはご自身の人を見る目がその程度ってことでは？」

「……相変わらず、きついな」

ちょっとへこんだカーティスを見て、エディスはざまあみろ、と思った。別にアマンダに肩入れする訳でもないが、浮気じみた行動で婚約者を翻弄している男が何の罰も受けないで平然としているのは少々気に入らなかった。

「アマンダ様がエイミー様の悪口を言うのは、嫉妬です。あなたに関心がある証拠です。少しは女心もご理解のうえ、婚約者に余計な心配をかけているご自身のことを反省してください」

これにはカーティスは素直に返事することはなく、口を尖らせたままだ。

「あなたは王太子になる人です。軽々しく婚約破棄などという言葉を口に……」

「ならないよ。王になるのはジェレミーでいい。婚約破棄で王にならずに済むなら、そうありたいもんだ」

それは王位を継ぐことも、アマンダと将来結婚することも逃れたいという、カーティスの本心だった。

それに対してエディスは一言、

「ばかですね」

と返した。

その言葉にカーティスはエディスを睨み、聞いていたデリックはぎょっと顔を歪ませた。

「ジェレミー殿下がよほど優秀なら押しますけど、私から見ればどっちが王になっても大差ありません。国民からすれば、国を潰すような人でなければ、どっちでもいいんです。ですが王になるか、王のスペアになるか。この二択は王家に生まれたあなたの宿命であり、逃れることはできません。本気で逃れたいなら、婚約破棄だなんてせこい罪より、いっそ凶悪なギロチンものの悪事を働いちゃえばどうです？」

あ、ちょっと言い過ぎたかな、とエディスは少し焦った。自分こそ王子の機嫌を損ねればギロチンだってあり得るかもしれないというのに。

カーティスはしばらく固まっていたが、ぷっと吹き出すと、

「大差ない、か。……王子にギロチンものの凶悪犯になれと勧めるの、おまえくらいだぞ」

そう言って窓の外に目をやったカーティスにはさっきまでの不機嫌さはなく、口元にうっすらと笑みを浮かべていた。

何故自分の失言で機嫌がよくなったのか、エディスにはわからなかった。


カーティスは翌日にはアマンダの所に行き、お茶会を中座したことを謝罪した。

アマンダも人の悪口は慎むようにすると答え、互いに謝罪を受け入れた。

その話をデリックから聞いたエディスは、何とか二人の関係が修復できたことにほっと胸をなでおろした。


次のお茶会で、アマンダはカーティスとのお茶会の後、エディスと話をしたいと申し出た。カーティスに、

「おまえはいいのか?」

と聞かれたエディスが、

「はい。殿下は先にお戻りください。私は後で一人で帰りますので」

と答えると、カーティスは軽く頷き、エディスを残して部屋を出た。

その日はアマンダの侍女も既に部屋の外で待機していた。前回のことを聞き、早く切り上げになると想定していたのかもしれない。

「それでは、皆さんもご一緒に。お茶を入れ直しますね」

アマンダの侍女であるヘザーとジェシカもサロンに招き入れ、エディスは持参した王家の最高級のお茶を遠慮なく入れた。

前回のお茶会の後、王城で会ったアマンダにカーティスとエイミーの関係は心配しなくてもよさそうだと伝えてあった。

「エイミー様との関係はまだ疑わしいながらも、あなたが言う通り、思ったほど近しい仲でもないようね」

アマンダはアマンダなりに冷静に今の状況を分析しようとしているようだ。これまでのアマンダから見ればずいぶん様変わりし、カーティスとの関係を何とかいい方向に持っていこうとする本気が感じられた。

「でも、今日のお茶会でも私が話をしないとほとんど会話がなくて、場が持たないの。今まで自分だけが話をしていて、殿下はほとんどお話しされてなかったことに気が付いて、やはり殿下は私なんて……」

そこはコメントが難しいところだ。実際、カーティスはあまりアマンダを好ましくは思っていない。かと言って、今それを本人に言うのは酷だ。

エディス自身恋愛の経験はなく、人様に偉そうにアドバイスできる立場ではないが、アマンダを励まそうと懸命に頭を巡らせた。

「まずは、男女問わず、殿下がお好きそうな人はどんな人か、観察してみてはどうでしょう。そしていいところを自分に取り入れてみるんです。それでいて自分をなくさない、ってところでしょうか」

「自分をなくさない？」

「だって、真似しても二番煎じでは決して一番にはなれないでしょう？　あくまで主役はアマンダ様ですから」

「主役は私……」

その言葉にアマンダは照れたように微笑んだ。その笑顔は年齢に合ったかわいらしさを持ち、カーティスに見せたら少しは評価が上がるのではないかと思えた。

まだまだ可能性はある。エディスはアマンダの成長に期待した。

アマンダを見送り、お茶会の片付けをして帰ろうとすると、王城の馬車が待っていた。一人で歩いて帰るつもりだったのに、カーティスを送った後、また学校まで来てくれたのだ。帰りはさほど荷物は多くないのに、自分を送るためだけに馬車が用意されている。

この気遣いを、アマンダに向けてくれたなら……。

エディスは嬉しく思いながらも、婚約者に対して残念な男の評価はさほど上がらなかった。

その後も月に一度の定例のお茶会では第二部、乙女のお茶会が開催された。お茶だけでなく、第二部用のお菓子の準備もぬかりない。今日のお菓子はクライトン家からの差し入れだ。

クライトン家は主従関係が厳格なのか、アマンダと侍女達は少し距離を置いていた。それはよそよそしさを感じるほどで、思い悩むアマンダを支えられるようには思えなかった。

エディスはこのお茶会を「アマンダを支える会」と位置づけ、侍女達とアマンダの距離が少しでも近くなることを考えていた。アマンダの話を聞き、意見を取り入れつつ、侍女目線ながら気になったことはアドバイスする。どの程度なら受け入れてもらえるか、匙加減も重要だ。

初めは遠慮がちだったヘザーとジェシカも、エディスにつられたのか徐々に言葉を交わすようになっていき、共通の話題が増えるごとに親密さは増していった。

「学校で人気投票があったのよ」

「投票、ですか？」

「ええ。一部の学生の自主企画なのだけど、毎年恒例みたい。カーティス殿下は三位に入っていたわ」

アマンダは喜んでいるが、三位という微妙な結果に、評価の五割は王家の肩書きかなとエディス

は思った。ジェシカはキャッとはしゃぎ、

「一位、二位はどなたですか？」

と興味津々だ。

「二位は騎士団長のご子息のベンジャミン様」

「先日の剣術大会で優勝された方ですよね」

「一位はなんと、オーウェン先生！」

「人気ですね」

「何でもオーウェン先生が五位以内に入ると、女子学生に限りレポート免除なんですって」

それは不正行為に当たるんじゃないんだろうか。そう思いながらも、学生達のイベントで先生も悪乗りして面白がっている様子に、自由な校風でのびのびと学生生活を送るアマンダをちょっぴり羨ましく思った。

四位はアドレー王国から留学に来ているマリウス王子、五位はジェレミー王子。先生を除けば、騎士様か王子様。いかにもご令嬢方が好みそうだ。

「殿下の気を引きたがる方は多くて、学校でも注意がありましたの。まあ、あの方ほど堂々とされている方はいませんけど、教室移動で後をついて行ったり、大講義室での授業の時には隣の席を奪い合う方もいらっしゃったり」

「殿下も大変ですね」

「私の目の前でも平気でプレゼントを渡そうとする方もいらっしゃるわ」

「殿下は学校では個人的なプレゼントは受け取らないのでは？」

エディスが聞くと、アマンダは頷いたが、少しうつむき、暗い顔を見せた。

「ええ。私がいてもいなくても、何も変わらない。私に遠慮するようになんて言葉もおかけになってはくださらないもの」

しゅんとなったアマンダ。やはり婚約者である以上、特別でありたいのだろう。エディスは何か特別なことは、と思い返し、今日のおやつのことを思い出した。

「アマンダ様が今日お持ちくださったお菓子、お気に召したみたいですよ」

「ほんと？」

エディスはこくりと頷いた。一口口に入れた後の食いつきがよかった。後で残った物を取り置きしておこうと思っていたところだ。

「甘いもの、お好きなんです。アマンダ様から差し入れいただくものは、いつもハズレがないですが、今日のは特にお好きだと思います」

ささやかなことなのに、アマンダの顔がパッと明るくなった。菓子とはいえ、自分が贈った物は受け取ってもらえている。そしてそれを気に入ってくれている。そんな小さなことでもアマンダを励ましてくれたようだ。

「それじゃあ、また次も同じものを……」

機嫌を良くしたアマンダがプレゼント攻撃をしないよう、エディスが、

「とっておきは時々が効果的です」

とアドバイスすると、アマンダは納得して頷いた。

「そうね。同じものばかりでは面白くないわね」

そして、次は何を贈ろうかと考えを巡らせているのを見て、エディスは、

「殿下がお好きなもの、調べておきますね」

と答えた。

エディスはアマンダのことをわがままで癇癪《かんしゃく》持ちだと思っていたが、こうして話してみると喜怒哀楽がはっきりしている分、裏表はない。自信をなくして落ち込みがちなのが気になるが、以前のようにむやみに人に怒りを向けることはなく、少しでもカーティスとの関係がよくなるよう考え、人の意見も聞くようになっている。

変わろうとしているアマンダを見て、エディスはこのまま応援していこうと心に決めた。

誕生日　カーティス十五歳

その年の誕生日、カーティスは公務で城を出ていた。

城にいたら何をもらえていたんだろうか、戻れば何か置いてあるだろうかと少し期待している自分がいた。

寝る前に、部屋に封筒が置いてあるのに気が付いた。側近の誰かが置いて行ったのだろう。

封を開け、カードを引き出しただけで、二つ折りのカードがパチンとはじけて勝手に開き、同封されていた黄色やピンクの花びらが宙を舞った。開いたカードには、

　お誕生日なのに、お仕事ご苦労様です
　無事のお帰りを！

と書かれていた。

その年のエディスの誕生日には、あの花びらと同じ花を贈った。

第五章　偵察、学校生活

カーティスとアマンダのお茶会がそれなりに場が持つようになった頃には、カーティスは三年生になっていた。

その年、隣国から高名な歴史学者が半年の間王城に滞在することになった。この国の歴史資料を調査するのが目的だったが、王の所望に応じて御前講義を行い、講義を気に入ったリディア妃の提案でこの機会に王立学校で学生に向けた特別講義を持つことが決まった。


クレアの様子を見に来たリディア妃が、日頃からクレアの質問にさらりと答えるエディスを見て、

「そういえば、どうしてあなたは学校に行かなかったの？」

と問いかけた。

「貧乏だからです」

取り繕いもせず、きっぱりとしたエディスの答えに、微妙な空気が流れた。

「勉強が嫌いだった訳じゃないのね」

「ええ、学校に行く予定もあったんですけど、家の借金返済のためこちらで働くことを優先しました」

「それじゃあ、特別聴講生としてリンデンベルガー教授の講義を受けてみない？　秋学期だけで週二回程度なのだけど」

リディア妃からの思いがけない提案に、エディスはクレアと遊んでいた手を止めた。

「エディスぅ！」

不機嫌そうにエディスの腕を引っ張るクレアにエディスは軽く謝ったが、まだ心は遊びに戻れていなかった。

この頃には領の立て直しは進み、借金も返済の目途が立っていた。給料は減るが、学生のフリをして学校に行ってみるのも面白いかもしれない。

「週に二回もお休みをいただいていいんですか？」

「あら、お仕事もお願いするから、お給金は出すわよ」

リディア妃はにっこりと微笑んだ。

「学校に行くついでに、側近達とは違った目であの子達の様子を見て来てほしいの」


一時間の講義を聴くだけなのに制服が仕立てられ、夕方まで仕事を休んで学校に滞在することが許可された。さらに黒髪で三つ編みのかつらに、黒ぶちメガネの変装グッズ付き。間者の経験はないので、自分の人間観察がどれくらい役に立つかはわからなかったが、多少は憧れていた学校生活に胸が躍ったことは間違いなかった。

その講義は全学年対象で、大講義室の三分の二が埋まっていた。

カーティスやジェレミーも受講し、マジェリーはかなり積極的に前の席でのめり込んで聴いていた。アマンダは友人達と共に後ろ寄りの席に座っていたが、ノートは授業よりも友達との「私語」に使われているように見えた。

王城の面々は変装したエディスに気付いていない。

知り合いもいない学校で講義室の端っこに座り、はじめは場違いな自分が目立ってないか気になっていたが、講義を聴いているうちにそんなことは気にならなくなっていた。

ノートは走り書きでいっぱいになり、疑問点のメモがノートの隅を埋めていった。至福の一時間はあっという間に終わった。次の授業がある学生達はバタバタとあわただしく立ち去って行き、気が付けば講義室には自分しか残っていなかった。


夕方、カーティスが戻るまでに城に戻っておけばいいとはいえ、密偵としてどう振る舞えばいいかちょっと悩んでいた。授業のない学生が数人うろついているが、大半は教室で授業を受けている。目立つのもよくないので一旦図書館に逃げ込み、窓から学校の様子を観察した。

お昼休みになり、学生達が一斉に動き出すと、食堂に紛れ込み、周りの学生の世間話に聞き耳を立てた。大して収穫はなかったが、エイミーの顔は認識した。紅一点で複数の男子学生と行動を共にし、女子学生に睨まれる「エイミー」と呼ばれる学生。他にそんな学生はいなかった。

顔立ちは愛らしく、惜しみなく笑顔を振りまく。言葉をかけられた者は喜び、目を向けられずに落ち込む者を見逃すことなく甘い視線と笑顔を見せる。愛される自信があるのだろう。自分をよく知っているなあ、とエディスは感心した。

高位貴族は食堂が分けられているようで、カーティスやジェレミー達、王城の面々に会うことはなかった。会ったところで、この三つ編みメガネがある限りばれない自信はあった。

しばらく学校内を巡った後、歩いて王城に戻り、いつものように戻ってきたカーティスを出迎えた。聴講生になったことは知っているはずだが、講義室でも声をかけられることはなく、王城に戻ってからも特に何も聞かれなかった。変装は完璧で、エディスが学校に行くことも忘れているのだろう。むしろ偵察には丁度いいと思い、そのまま何も言わず普段通りに過ごした。


三週目からは小さな課題が出るようになり、課報活動の合間を縫って図書館でレポートを仕上げた。城に戻ってからじっくり課題をこなすようなゆとりはないからだ。

図書館で時々マジェリーを見かけた。教授に質問に行った時もマジェリーが質問をしているのを見かけ、向こうから、

「歴史はお好き？」

と声をかけられた。

「はい」

「失礼ですけど、あまりお見かけしないわね。どちらのクラス？」

「……聴講生です。普段は働いてまして、この講義だけ」

「まあ！」

正規の学生ではないと言ったのに、マジェリーは目を輝かせた。

「ということは、働きながらもまだお勉強を？　素敵だわ。先日はアドレー王国史について質問をされてましたでしょう？」

目をキラキラさせて語りかけるマジェリーに、この人こういうキャラだっただろうか、とふと疑問に思った。王妃教育を受けている時は静かで多くを語らず、もっとおとなしい人だと思っていたのだが、背後から見ていたくらいではわからないものだ。

「私の祖母がアドレーの出身なの。だからアドレー王国史には興味があって、講義の一部でもいいからぜひ聴きたいと思っていたんですのよ。先生は本当にいろいろなことをご存じで、一つの答えが十の悩みを解決してくださるの」

まるで歴史に恋をするかのように少し恥じらうような笑みを浮かべながら語るマジェリーに、まさか教授に恋を？　と邪推したものの、そうではないことはすぐにわかった。

「マジェリー、待たせたね」

教授に質問を終えた男子学生が戻って来ると、マジェリーは緊張感を持ちながらも隠しきれない

喜びを口元に見せた。

「いいえ、今こちらの方とお話しさせていただいておりましたので。……またお話ししてくださいね。……参りましょう、殿下」

殿下は殿下でも、そこにいたのは婚約者のジェレミーではなく、アドレー王国のマリウス王子だった。

留学生の多いこの学校で他国の王族のお世話をしているのだろう。王家や公爵家がその役を担うのはよくあることだ。しかしマジェリーからはジェレミーには見せない特別な想いがあふれ出ているのが丸わかりだった。恋愛に疎いエディスがわかるくらいだ。他にもマジェリーの恋心に気付いている者はいるだろう。

リディア妃が見て来いと言ったのは、このことか。

エディスは、まだ報告には早いと思いつつも、確定したところでどう報告すればいいのやら、頭を悩ませた。

他方、エイミーに関する噂もつかめてきた。

何度かカーティスに駆け寄り、腕をとって歩いているのを見たが、カーティスの見せる笑顔は定番の王子モードのものだった。あれは恋心ではなく、仕事として接している顔だ。心配することもないだろうと思いつつも、誤解を生むような態度を放任している理由がわからない。

かと思うと、エイミーは別の所では伯爵家の嫡男やら、王家ご用達の商家の子息とも同じように腕を組み、肩に顔を寄せて親しげに振る舞っているのを見かけた。親愛というには平民でもちょっとやり過ぎで、しかも本命が誰なのかわからない。

自分なら、触らぬ神に祟《たた》りなし、でいち早く距離を置くが、カーティスが何を考えてそばにいることを許しているかはわからなかった。やはり自身の婚約破棄狙いなのだろうか。

エイミーはジェレミーにも同じ態度で近づいていたが、腕をつかもうとした手を払われていた。

「こうした態度は感心しないな」

と注意を受けた途端、エイミーが泣き出したのには驚いた。

「貴族として人との適切な距離を学び直すことだ。その方が君のためにもなる」

周りがどう反応しようとジェレミーは顔色一つ変えずその場を立ち去り、ジェレミーの側近、サミュエルの方が少し気にして振り返っていた。

周囲の人がいなくなった途端、ピタッと涙が止まり、エイミーはその場を立ち去った。見事な切り替えだ。

エディスはジェレミーのはっきり拒絶した態度に好感を持ち、女の子を泣かせたことで悪評が立たないよう願った。

その翌週には、サミュエルとエイミーが親しげに会話しているのを見かけた。王子を守る立場にありながら、王子が拒否した人に鼻の下を伸ばす姿に、護衛としてはダメダメだなとエディスは赤点評価した。

その日の講義が終わり、レポートを書くために図書館へ行くと、入り口横に本が並べられていた。見ると、「持ち帰り自由」と貼り紙がある。

追加の本を運んでいる人を見かけ、

「持って帰っていいんですか？」

と聞くと、

「ああ。亡くなった先生のご家族から寄贈してもらったんだけど、重複しているものが結構あってね。気に入ったのがあれば」

使い込まれたものが多く、中には装丁がボロボロになっているもの、ページが外れているもの、書き込みがあるものもある。何冊か手に取りパラパラとめくったが、持ち帰りたいものはなかった。

本の他に少し雑誌や新聞もあり、目に入った記事に手が止まった。

「この新聞も、持って帰っていいものですか？」

「ああ、構わないが、ずいぶん古いよ」

掘り出し物というのは、常に思いがけない所にあるものだ。

エディスはにやっと笑ってそこにあった新聞を広げて記事を確認し、気になったものを鞄に入れて持ち帰ることにした。


間もなくにわか学校生活も終わろうとする頃、事件が起こった。

エディスは図書館で最終レポートを書きながら、窓からの日差しが暖かで、穏やかなそよ風につい、うっかり居眠りをしてしまった。どれくらい眠ったのか、目が覚めたらほぼ仕上がっていたはずのレポートがなくなっていた。

風に飛ばされたにしては、メモや白紙の紙は残っている。ああ、これは誰かに持って行かれたな、とエディスは溜め息をついた。

聴講の費用を出してもらっている以上、単位を取らない訳にはいかない。

八割は仕上げた渾身の力作が、ほんのちょっと油断しただけでなくなってしまった。居眠りした自分が悪いのだが、自分のレポートごときを盗む価値があると思った人もいるのだろう。

しばらく呆けていたが、諦めて筆記具を片付け、広げていた本を戻して図書館を出た。

もう一度書けばいい。ネタはそれほどある訳ではないが、同じものを書けば後から出した方が盗用を疑われる。今回のレポートは自信作で、きっと教授も褒めてくれたに違いないのだが……。

ポロッと流れてきた涙をぬぐい、弱気になっている自分の頬をぴしゃりと叩いたその目の前に、立ちはだかる人がいた。

「何があった」

そこには、学校に通うようになってから一度も声をかけてこなかったカーティスがいた。

「う、……お、……え？」

カーティスが学校の中で自分に気付かないのは自分の変装が完璧だからだと思っていたエディスは、なぜ今カーティスが自分の目の前にいて、迷うことなく声をかけてきたのか、さっぱり理解できなかった。

「おまえが泣くなんて、よっぽどのことだろう」

「でん……、あの、私？　わかります？」

「わかってないと思ってたのか。その程度の変装で」

思ってました、とは言い難いものの、明らかに態度がはいと答えていた。むしろカーティスがしらばっくれていたおかげでばれていないと自信をつけていたほどだ。

人目のつかない校舎の陰まで引っ張られ、腕を組んだカーティスに、

「事情を話せ」

と恐ろしげな眼で睨まれると、主人である王子への報告に拒否権はない。すぐ近くにデリックもいた。

「いえあの、こ、個人的な事情で……」

「で？」

わずかな抵抗も、一睨みで終わった。

「書きかけのレポートを、盗まれちゃいました」

カーティスの目に殺気がよぎった。

「いえ、あの、殿下のお手を煩わせる気はありません。……ですが、明日、お休みをいただけたら……」

「休み？」

レポートを仕上げたかったのだが、急に休みをお願いしても無理かもしれない。明日は特別な予定はなかったはずだが、他の人の都合もある。

「……いいです。撤回します」

そう言ったとたんデコピンされて、驚いて顔を上げた。

カーティスは面白くなさそうな顔で、

「ばーか」

と言ったかと思うと、エディスの手をつかみ、

「帰るぞ」

と無遠慮にぐいぐいとエディスの手を引っ張り、馬車の待機場まで連れて行った。

仮にも王子ともあろうものが、得体の知れない一学生の手を引いて歩くなど目立ち過ぎだ。恐縮

しながらもカーティスの手は力強く、とてもエディスの力ではほどくことができず、うつむいたまま引かれるに任せた。

気が付けばデリックはいなくなっていて、二人で乗る馬車は何とも言えない気まずい空気が流れていた。

「もうすぐ秋学期も終わるな」

それは、エディスのなんちゃって学校生活の終わりを示していた。役に立たない諜報活動の終わりでもある。

「友達はできたか」

「……マジェリー様が、……意外と歴史オタクでした」

「ああ、そうだな」

「……マリウス殿下も」

その名を口にして、言う必要はなかったか、と口を閉ざすと、

「そうきたか……」

そう言ったカーティスは軽く溜め息をついた。

「そう遠くなく、ジェレミーとマジェリー嬢の婚約は解消になる。王家も公爵家も合意済みだ。学年が変わってから茶会をはじめとした二人の交流は中止され、王家の婚約者としての仕事は振られ

ていない」

「へっ？」

第二王妃宮のこととはいえ、王城で務めていながらジェレミーとマジェリーのことを全く把握していなかったとは。エディスはやはり自分には諜報活動は無理だ、と結論付けた。

王家の仕事はしていない。それなら、マリウス王子の相手をしていたマジェリーは……。

「もともとジェレミーとマジェリー嬢がうまくいってなかったところへ、アドレー王国から婚姻の打診があった。あのマジェリー嬢が恋心であそこまで変わるとは誰も思わないだろう。しかも相手はアドレーの王子だ。ブラッドバーン公爵家はもともとアドレーと縁の深い家だからこの話に乗り気で、ジェレミーの口添えもあり、王も許した。この学年が終わったらマリウス殿下は卒業する。それに合わせてマジェリー嬢は留学という名目でアドレー王国に渡り、卒業と同時にマリウス殿下と婚姻を結ぶ予定だ」

それは未発表の極秘事項ではないのだろうか。エディスは王城の関係者ではあるが……。

「先越されましたね、婚約解消」

うっかりな発言に、カーティスはエディスを思いっきり睨みつけた。

ずっと婚約破棄を狙いながら一向に進展しないカーティスの逆鱗《げきりん》にがっちりと触れてしまったらしい。

「まだ越されてないいっ」

エディスはカーティスに拳で両方のこめかみをぐりぐりと締め付けられた。

「いたたたたた、すみません、すみませんでした！」

「おまえのような生意気な侍女、俺でなければとうの昔にクビだぞ」

「……そう思います」

こんなに口の悪い自分をどうしてカーティスが気に入ってくれているのか。エディスにもわからないなりに、カーティスのそばで働くことは存外嫌ではない自分に気が付いていた。

馬車が王城に着くと、

「着替えたら、その鞄を持って部屋に来い」

そう言うとカーティスはエディスより先に馬車を降り、一人でさっさと自室に向かった。その、と言って指さされた鞄はカーティスのものではなく、エディスのものだった。

すぐにお仕着せに着替えてカーティスの部屋に行くと、カーティスは既に着替えを済ませていた。言われるままソファの上に自分の鞄を置き、いつもの仕事に戻った。

今日のカーティスの夕食は早めで、カーティスは部屋に戻るとすぐに自分の鞄とエディスの鞄を手にして、

「ついて来い」

と、どこに行くとも言わず部屋を出た。

「鞄、お持ちします」

と伸ばした手は、いつものように無視された。

着いた先は王城の図書室だった。学校の図書館の比ではない、貴重かつ滅多に触れることもできない資料が詰まっており、侍女の身では頼まれた本の受け渡しはできても、許可なく借りることなどできないものだ。

「こ、ここ、……あの……」

「俺がいる間、好きにしてろ」

そう言ってカーティスが広げたのは、例の歴史の特別講義のレポートだった。見たところ半分は仕上がっていて、少し調べ物をするのか数冊の本を手にして席に着いた。

今まで目の前で宿題をしているのを見たことがなかった。学校には学友と交流を持つためのサロンはあるが、王族だからといって特別な学習室がある訳でもない。いつもどこでこなしているのだろう。自分が仕事を終えて退室した後に自室で勉強しているのか、今日のように城の図書室を使っているのか。

せっかく調べ物をするための環境を与えてもらったのだ。エディスは数冊の本を持ってくるとカーティスの隣に座り、時々王城の職員が出入りするのも気にすることなく、期限の近いレポートを一から完成させるべくペンを走らせた。

「この辺りが関係あるんじゃないか？」

開いたまま本を渡され、見ると今手元の本で調べている時期の他国の情勢が書かれていた。

「ありがとうございます」

小さく礼をして、そのまま本を斜め上に置き、今見ていた本の内容と比べながら考えを巡らせた。

時折ページをめくる音。二つのペンが立てるわずかな音が静かな図書室に響いた。


どれくらい時間が経ったのか、気が付けば懲りもせずまた居眠りをしていた。

完成させたはずのレポート。夢だった？　まさかまた……。

昼間、学校で盗まれたことを思い出して飛び起きると、ちゃんと手元に完成したレポートがあった。

肩がひゅっと寒くなり、見ると自分にかけられていた上着が落ちていた。カーティスのものだ。侍女でありながら主人をほったらかして居眠りをし、さらに主人の上着を借りるとは。

隣を見ると、カーティスもまた腕を組んだまま椅子にもたれて眠っていた。こちらもレポートは完成したようだ。

友達と一緒に宿題を仕上げる。ささやかな憧れが達成されて、あれほど募っていたレポート窃盗犯への憎悪がさらさらと溶けていくような気がした。

自分とカーティスが持ち出した本を棚に戻し、それでもまだ眠っているカーティスを起こすのを

少し可哀想だと思いながらも、

「殿下、起きてください。殿下」

と声をかけ、軽く肩に触れると、機械仕掛けのように両目がぱっと見開かれ、驚いたようにエディスを見つめていたが、急にふんわりと優しげな笑みを浮かべた。

「……？　殿下？」

再度エディスに呼ばれて我に返ると、急に笑みを消し、

「……できたか？」

と問いかけてきた。レポートのことを聞かれているのだとわかり、

「はい、おかげさまで。ありがとうございます」

と答えると、大きな手でさわりと頭を軽くなでられた。

「よくやったな。……明日は休みでいい。ちゃんと寝ろよ」

明日休んでいいなら、明日レポートを仕上げたのに。そう思いつつも、こんな一等地で一流の資料を使ってレポートを仕上げられたことには感謝しかなかった。

図書室を出て、部屋までついて行こうとしたが、

「城の図書室くらい何度も一人で来ている。大丈夫だ。おまえはとっとと部屋に戻って寝ろ」

そう言って、送らせてはもらえなかった。

翌日レポートを提出し、無事合格点をもらい、エディスのにわか学校生活は終わった。

学校での王子達の様子については、

「学校でも皆さん楽しそうにしていました」

とだけ伝えると、リディア妃はにこやかに、

「そう、良かったわ」

と言い、それ以上の報告を求められることはなかった。


アマンダと王子とのお茶会が三十分足らずで終わるのに対して、乙女のお茶会は一時間を超えることもあった。早々に立ち去るカーティスが少し気の毒に思えたが、当人達はそれで満足しているようだった。

その日、アマンダからトップニュースとして聞かされたのは、あのエイミーが自主退学したという情報だった。

「歴史の特別講義のレポートで盗作が発覚したらしいの。エイミー様が提出した分と内容が全く同じレポートが先生の元に届いて、事情を聴いたら他の人が書いたレポートを写したことを認めたそうよ。他の授業でも同じようなことをしていたみたい。自主退学になったのは先生方の温情だと思

うわ」

レポートの盗作と聞いて、もしかして、とエディスは思った。

自分の盗まれたレポートを、誰かが拾って先生に届けた……？

いや、名前も書いていないレポートだ。むしろエイミーの犯行を知る者があえてオリジナルを先生に送り付け、盗作の疑いありと密告したと考える方が自然だ。

後から書き直したレポートより出来が良かったと自負しているだけに悔しかったが、不正撲滅のお役に立てたならいいか、と思うことにした。


エイミーと噂になった者達は退学までには至らなかったものの、皆厳重注意を受けた。エイミーに鼻の下を伸ばしていたジェレミーの側近サミュエルは騎士団に配置替えになり、別の者が側近に就くことになった。

カーティスはお咎《とが》めなしだった。王子だからか、学校側にそういう関係ではないと把握されていたのか。エイミーのことは、やはり本気ではなかったのだろうか。

カーティスに直接聞くのが憚《はばか》られ、デリックに聞くと、

「当然だ」

と強い口調で返された。目が怒っているように見えた。

「殿下はずっとあの女を怪しんで、あえてやりたいようにさせて観察してたんだ」

なるほど。カーティスらしいが、王子自らやることではないのでは？　とエディスは疑問に思った。

「おまえのレポートを取り返しに行かされた時は大変だったんだぞ。見つかった時には丸めて捨てられていて、結局誰が盗んだのか決め手がなくてな。絶対叱られると思ってたんだが、何故か殿下は喜んでいて、あれをリンデンベルガー教授の元に届けさせたのは殿下だ」

喜んでいたと聞いて、時折見せる黒殿下の黒い微笑みが思い浮かんだ。こうなることがわかっていたのだろう。

「ただ、あの人の場合、エイミーにいちゃつかせてたのが婚約破棄目的だったってのも否定できないんだよなぁ……」

それを聞いて、確かにあり得ると思ったエディスは、事件が解決し、エイミーがいなくなってよかったと改めて感じた。渾身のレポートにはこんな活用法もあったのだ。

後日、エディスはリンデンベルガー教授から葉書を受け取った。

学業への関心を失うことなく、
ささやかでも興味を持ち続ければ
生きる全てがあなたの師となり

学びとなるでしょう。
レポートはS、もう一方はS＋でした。

異国の遺跡の絵葉書は、素敵な成績証明書になった。

誕生日　カーティス十六歳

その年の誕生日は食後に珍しい氷菓子が出た。父王からの差し入れだった。

クレアが喜んでいたが、三杯目のおかわりはおなかを壊すからとカーティスが止めると、怒って泣き出してしまった。

食事はそれで終わってしまったのだが、後からクレアがカーティスの部屋を訪ねて来て、

「言い忘れてた。おにいさま、お誕生日おめでとう。べぇーだっ！」

とだけ言って自分の部屋に帰って行った。まだ怒ってはいるようだったが、その様子が面白くて困った妹を笑って許すことにした。


机の上には何もなかった。期待外れにがっかりしながらベッドに行くと、枕の上に

お誕生日、それは事件です

と書かれたカードが置いてあった。

場所を変えただけでずいぶん驚かされたことに、やられたな、と思った。

ふと見ると、カードの裏には「本棚　Ⅱ　←」と書かれていた。

本棚に行き、上から二段目、一番左に見慣れないバインダーが置いてあった。

開くとずいぶん古い新聞が挟まっていた。

自分が生まれたことを伝える当日の新聞の号外。そしてその翌日の新聞には王子が生まれたことを知らせる記事が載っていた。


その年のエディスの誕生日には、花をあえて新聞紙で包み、部屋に届けてもらった。

第六章　婚約者の変更

それから一月もしないうちにジェレミーとマジェリーは婚約解消となった。本人達の合意は早かったが、いつまでも反対していたのはメレディス妃で、説得のためジェレミーが奔走したようだ。そしてそれから時間を置くことなく、マジェリーはアドレー王国の王子マリウスと正式に婚約した。

愛する者同士を結び付けたジェレミー王子の寛大さに株は急上昇、急に空席になった大物の婚約者候補を目指し、あちこちから縁談が持ち込まれているらしい。

半年後、マリウス王子が卒業した翌日、マジェリーはアドレー王国に旅立つ前に王城に挨拶に来た。

その日はアマンダも来ており、カーティス、ジェレミー、アマンダ、そしてカーティスについていたエディスにも別れの挨拶をする機会があった。

謎の聴講生が変装したエディスであることは、今ではみんなに知れ渡っていた。マジェリーから、

「レポートでSを取ったのは、あなたと私だけだったのよ。もっと一緒に学びたかったわ」

と聞かされた。たった一つの講義を一緒に受けただけなのに、クラスメイトとはこんな感じなの

だろうか。エディスは差し出された手を握り、

「一緒に学ぶことができて、光栄でした」

と答えた。

ジェレミーとマジェリーは元婚約者とは思えないような不思議な距離感があり、交わす言葉も短く、二人は今はもちろんかつても恋愛感情など抱いたことはないように見えた。この二人があのまま結婚していたらどうなっていたのだろう。エディスには想像もつかなかった。

王城での王妃教育の間、一貫してクールに見えたマジェリー。しかし冷静なように見えて実は情熱的な公爵令嬢は、新天地で待つ愛する王子のことが話題になると一転し、散々のろけた後、笑顔で王城を去って行った。

「政略結婚と恋愛って、両立できるのね」

アマンダは頬に手を当て、溜め息をついていた。


新学年を迎え、カーティスは四年生になった。

カーティスは王から何か任務を受けているようで、学校に通いながら騎士団にも頻繁に出向き、遠くの領に泊りがけで調査に行くこともあった。騎士団に関わることになるとエディスが同行する

ことはなく、その内容を聞かされることもなかった。

カーティスがいない日はクレアの相手をし、戻って来るとカーティスの元に戻る。兄に会いたいクレアがついて来ることもあり、そうなると留守中の報告は愉快なクレアのネタが多くなった。

クレアがいないところでは真面目な報告もしたが、王城で起こっていることは留守にしていてもエディス以上にカーティスの方が把握できていた。噂高い侍女達に囲まれているのに、どうしても世情に疎い部分がある。エディスはこればっかりは仕方がないものとして諦めていた。


王城ではアマンダの王妃教育が再開された。マジェリーがいなくなっても引き続き王妃教育は第二王妃が担当していたが、アマンダは第一王妃宮に立ち寄ることなく直接第二王妃宮に通っていたので、かつてのようにエディスがついて行くことはなかった。

アマンダは以前とは違い王妃教育に真摯に取り組んでいるようだ。カーティスは卒業すれば王太子になり、アマンダが学校を卒業するのを待って二人は結婚することになるのだろう。

そうなるとエディスはアマンダの侍女になるのか、クレアの侍女になるのか。あるいはそろそろ侍女からの引退を考えてもいいかもしれない。


王妃教育の影響なのか、アマンダの中で何かが変わっていた。

アマンダは感情に流されやすいところがあったが、一呼吸置き、冷静になってから行動することを意識しているようだ。この習慣はアマンダを大きく変え、周囲も落ち着いた、大人になったと高く評価していた。

身につける物も最大級に飾り立てるのではなく、時にはシンプルに、侍女の提案する落ち着いた装いをすることも多くなった。

夜会ではずっとふわりと広がるプリンセスラインのドレスを好んでいたが、少し広がりを抑えた大人っぽい、少し色気を感じさせるようなドレスも似合うようになっていた。元々容姿は整っている方ではあったが、さらに美しさに磨きがかかり、王子の婚約者でありながらも多くの男性が声をかけ、笑顔で応対しながらそれなりに距離を置く大人の対応を見せた。

見たところ、以前よりカーティスの好みに寄ってきているようではあったが、最近はアマンダがカーティスに対してそれほど執着心を持っていないようだ。お茶会も実に事務的で、十五分も一緒に座っていない。

今も続く乙女のお茶会の中でもほとんどカーティスの名前は出ず、侍女達の話でもアマンダの友人やアマンダに気のある男として何人か男性の名前が挙がることはあったが、カーティスの名は出てこない。

夜会ではエスコートを受けているが、一曲踊って終わり。後はお互い自由にしている。ときめく心がなくなったのか、それともこの距離感に慣れてしまったのか。

それでいいのか婚約者。

親が決めた婚約など、そんなものなのだろうか。
無難に落ち着くのが終着点だとしたら、結婚とは寂しいものだなとエディスは思った。

誕生日　カーティス十七歳

その年の誕生日は父母が不在だった。

妹のクレアも夕方から体調を崩し、一人で食事をしたがふと寂しく感じ、自分がそんな感情を抱いたことに少し驚いた。

祝う者も、祝われる者も元気でいるからこそ祝ってもらえる。

昔、そんな話を聞いたことを思い出し、確かにその通りだと小さく頷いた。


今日はクレアについていると言っていたエディスが部屋に来て、

「クレア様からです」

と小ぶりな箱を差し出した。

「直接お渡ししたがっていたのですが、ちょっとお熱がありますので代わりにお届けに来ました」

「ああ、ありがとう」

箱には

おにいさま　おたんじょうび　おめでとう

と書かれたメッセージカードが添えられていた。レタリングを習っているのか独特な字体だが、ずいぶん字がうまくなっている。箱の中にはクッキーが入っていて、ウサギのような熊のような、不格好な形から妹の手作りと思われた。

「今日、午前中に一緒にお作りしたんです。その時はお元気だったのですが、張り切り過ぎたのかもしれません」

「クレアの具合は？」

「お熱もそんなに高くはありませんので、明日には引いていると思います」

「そうか」

手作りのプレゼントが嬉しい反面、妹への心配もあって笑みがぎこちなくなっていた。

「あ、そうでした。こちら、お願いできますか？」

エディスはポケットから紙を取り出し、カーティスに差し出した。そこには

受りょう書

丸をつけてください

おいしかった　おいしくなかった

点数　　　　点
感想
受け取りのサイン

と書かれていた。

「クレア様がご自身で渡すより、今日渡すことを優先したいとおっしゃいまして。どうしても殿下の感想をお聞きしたいそうです」

この書きっぷり。何となく妹が目の前の誰かに似てきたように思えた。

カーティスは一枚取り出してかじると、おいしかった　に丸をつけ、95点　元気になったら100点と書き添え、自分のサインを入れた。

エディスはそれを受け取ってポケットに入れると、飲み終わっていた茶器を下げ、部屋を出て行こうとしたが、急にカーティスにエプロンを引っ張られた。

「何か持ってるな」

膨らんでいるポケットの中にあるラッピングのリボンを目ざとく見つけたらしい。

「私のです。……あげませんよ」

はっきりと断ったのだが、いつまで経ってもエプロンを離してくれないので、

「……仕方ないですね」

そう言うと、エディスは片方の腕にトレイを載せ、もう片方の手でポケットから自分用にしてはきれいに包んであるものを取り出した。

クレアの急な体調不良でクレアについていることになり、エディスは今日のカーティスの誕生日のお祝いを用意できなかった。自分用に作ったクッキーを包んではみたものの、所詮は余った生地で作った半端ものの再利用品。渡すつもりはなかったのだが。

「残った生地で作ったので、クレア様のと味は同じですよ」

中身は、きれいな丸に形作られた小ぶりのクッキーだった。

「プレゼントと言うには二番煎じで恐縮ですが、……お誕生日、おめでとうございます」

エディスは少し恥ずかしそうに言った。エディスの口から直接祝いの言葉を聞いたのは久しぶりだった。

「ありがとう」

カーティスは中の一つをつまんで自分の口に入れた。確かに同じ味だ。それなのに何かが違う気がした。

もう一つつまむと、

「ほら」

とエディスの口元に差し出した。

「勤務中ですので」

仕事中にお菓子を口に入れる訳にもいかず、エディスが口を閉じていると、クッキーをぐりぐりと唇に押し当てられ、むっとしたエディスは口をとんがらせた後、クッキーごと指にかじりついた。

「いてっ！」

手を引っ込めたカーティスに、エディスはべーっと小さく舌を出して部屋から出て行った。

カーティスはエディスが扉の向こうに行ってしまうのを目で追いながら、ほのかに痛む指先を唇に押し当てた。

その年のエディスの誕生日は非番で、久々に王都の家に帰っていた。

その日遅くに王城に戻って来たエディスは、いつものように今年も花が部屋に届けられているのを見て、しおれていないことに安心し、急ぎ花瓶に入れてしばらくじっと花を眺めていた。

第七章　エディスの婚約者

カーティスの学校生活も残すところあと一年となった。

アマンダは留学生との交流会に積極的に顔を出すようになり、特に自分のクラスに転入してきたコンラード国の留学生コリンヌと懇意にしていた。

コリンヌはコンラード国の有力な貴族、ドゥプレー侯爵の姪で、一年間滞在する予定でルーベニア王国に留学に来ていた。親元を離れるのは初めてらしく、親戚に当たるソンダース伯爵の屋敷から学校に通っていた。


いつものお茶会でコリンヌのことを楽しそうに話していたアマンダだったが、アマンダの侍女へザーは少し困った様子で、

「最近、お忍びで出歩くことを覚えてしまわれて、時々私達の目を盗んでコリンヌ様と街を散策されることもあるのです。侯爵家の令嬢で、王家に嫁がれる身なのですから、そのようなことはお控えいただきたいのですが……」

と諌《いさ》めるような言葉と共に、チラッとアマンダを見た。それを聞いていたアマンダは、

「学生でいられるのはあと二年ですもの。少しくらい自由にさせてもらいたいわ。コリンヌの侍女

もついているから大丈夫よ」

と笑いながら語った。身軽な街歩きに慣れて自信をつけているように見えた。

「商家のご令嬢でも侍女くらいは連れて歩くものですよ。何かあってからでは遅いのですから」

エディスも気になって声をかけてみたが、

「気を付けるわ」

と返事はするものの、街歩きをやめそうには見えなかった。

この国の王都は比較的治安はよく、街には警備隊が配置されているとはいえ、全く安全な訳ではない。路地裏に行けば怪しい者がたむろする場所だってあり、街のはずれには貧民街だってある。貴族の令嬢にはあえて隠している世界があるのだ。

陰で護衛がついてはいるようだが、侯爵に相談することをヘザーに提案した。しかしアマンダからいろいろな秘密を打ち明けられているヘザーとジェシカにとって、侯爵に告げ口をしたと思われてアマンダの信頼をなくし、口を閉ざされてしまうのも避けたいようだ。


王城ではエディスより後に採用されたクレアの侍女が寿退職した。これで何人目だろう。

相手は王城の騎士団員で、エディスも知っている人だった。どこにそんな縁があるんだろうなぁ、と疑問に思いながら、今日もクレアとカーティスの侍女をかけ持ちし、時々新人侍女の指導もするようになっていた。侍女の中では若い方だが、職歴は着実に積んでいる。

父や兄からは、これからは稼いだお金は自分のために使いなさい、と言われている。今までの仕送りも半分は貯金してくれていた。充分とは言えないまでも持参金にはなるだろう。意中の人がいる訳でなく、特に結婚願望がある訳でもないが、ちょっと前には父から縁談をほのめかされたことがあり、以前ほど条件は悪くなかった。覚悟を決めたエディスは縁談があるなら進めてもらっても構わない、と手紙を書いた。

しかし、書き忘れたかと思うほどに、何の話も持ち込まれなかった。

借金という負の材料も順調になくなり、あえて避けられるような理由は解消されたと思っていた。家の借金のせいで若ければ誰でもいい程度の相手以外からは敬遠されているのだと思っていたのだが、実は自分に魅力がなかったのか。そう気付くと多少なりとも落ち込まずにはいられなかった。

そういう時に限って、カーティスはエディスの変化に気が付き、余計なことを言ってきた。

「珍しく元気がないな。腹でも壊したか?」

「うら若き女性に、腹を壊したかなんて聞くものではありません」

「うら若き、ねえ……」

この国での結婚適齢期から見れば、決して呑気にしていられる年ではない。それはわかってはいたが、今、年を突かれるのはちょっと腹立たしかった。しかし、あえて怒りを抑え、

「クレア様の侍女のアイリスが結婚退職したので、そろそろ私も真面目に縁談でも受けようかと思っていたところです」

と正直に話したが、カーティスの反応は微妙だった。

「結婚、したいのか？　おまえが？」

「……笑うつもりなら、やめてください。自分でもモテないことはわかってますから。父にも縁談があればと聞いているんですけど音沙汰がなく、どうも苦戦しているようです。一年くらい頑張ってみて、駄目ならすっぱりと諦めて仕事に生きてもいいかもしれませんが」

「一年もあれば、婚約者くらい見つかるだろう」

いとも簡単に言われて、エディスは眉をひそめた。それが世界の標準と言われているような気がしてむっとしたが、生まれてこの方男っ気はなく、王城で仲のいい者はいても恋愛対象にはならず、むしろ人の縁をつないでいた方だ。あまりにも自分のことをなおざりにしてきたことを反省した。

「おまえが一年以内に婚約者を見つけたら、俺も婚約破棄を企むの、やめるよ」

「まだ企んでたんですか！」

卒業まで一年を切り、もう落ち着いただろうと思っていたのに、この期に及んでまだ婚約破棄を狙っていようとは。

片や、十一歳から婚約に抵抗し続けている王子。片や未だ彼氏いない歴が実年齢の侍女。

「わかりました」

こうなったら、自分の幸せのためにも、主人である王子に腹をくってもらうためにも、そして友人に近い王子の婚約者アマンダのためにも、

「一年以内に婚約者を見つけてみせようじゃないですか」

怒りを力に変え、にやーっと笑うエディスに、カーティスは、

「朗報、楽しみに待ってるよ」

と怖いくらいに優しい笑みを見せた。

その後、兄のアルバートに会う機会があり、自分の縁談がどうなっているかそれとなく聞いてみたが、今のところ申し込みは一件も来ていないらしい。

王城の仲のいい騎士団員や文官に、どこかにいい話はないか聞いてみても、

「誰の相手？」

「私」

と言ったとたん、

「それは難しいなあ……」

と、紹介もしてもらえない。

自分が相手だとこうまでも拒否されるものなのか。今さらながら結婚する気がどんどん失せていく自分に気が付いた。

不思議なもので、自分にその気がなくなると近寄って来る者がいた。

騎士団員のギルバート・シスレー。エディスと同い年で、子爵家の三男。王立学校を出てすぐに騎士団に入団。勤務歴半年ちょっとで、ある日突如自己紹介してきて、以来城内で見かけると声をかけてくるようになった。

「エディスさんにも春が来たんですか！」

と第一王妃宮の新人侍女ローゼに冷やかされても、挨拶されれば返す程度の人なら王城の中には何人もいる。春が来たと言われてもどうも腑に落ちなかった。

しかし数日後、ギルバートに誘われて休みの日に一緒に街へ行くことになった。食事でも一緒にどう？　と軽いノリで言われ、特に断る理由もなかったので了承すると、何故か後輩の侍女達がそのことを知っていて、

「エディスさんがデートですって！」

と楽しげに噂を振りまいていた。

「おまえ、デートに行くらしいな」

その噂はカーティスの耳にも届いていて、ちょっと探るような口調で確認された。

「らしいですね」

「らしいって、自分のことだろう」

「まあ、食事に誘われただけなので、デートと言っていいか……」

「おまえが男の誘いを受けるなんて珍しいな」

冷やかすように言われても、エディスの反応は薄かった。

「今までお声がかからなかっただけです。……冷やかしだと思いますけど、何事も経験ですから。一応今年の目標は婚約者を見つけること、ですしね」

近くにいたデリックがエディスの物言いに呆れて思わず注意した。

「冷やかしとか、そんなことを言うから誘われないんだよ。誘う方にも勇気がいるんだから、いたわってやれよ」

そう言われて、

「はいはーい」

と空元気気味ながらも明るく答えてみて、少しは浮かれてみるのも大事かと思い直し、白けモードの自分を切り替えることにした。


街の広場にある噴水の所で待ち合わせし、少し早い時間だったがお店へ直行した。案内してくれたのは堅苦しくない庶民的なお店で、最近評判がいいらしい。肉料理はあっさりとした味付けで食べやすく、スープが絶品だった。王城では自分の方が先輩ながらさらりとおごられ、当然とも思え

ずお金を出そうとすると、

「まあ、初回はかっこつけさせてよ。できれば次誘っても気軽に来てくれると嬉しいんだけど」

そう言われて、お礼を言って厚意を受け取った。

「この後、どこか行きたい所はある？」

と聞かれたものの、食事しか考えていなかったエディスには特に希望はなかった。首を横に振ると、

「じゃあ、付き合ってもらっていいかな」

と言われ、ついて行った先はお菓子屋だった。

「姉に頼まれていてね」

ギルバートが焼き菓子を見繕うのを店内で待ちながら、久々にお菓子に囲まれるとわくわくした気分になり、小さな缶に入ったオレンジの飴に手を伸ばした。すると、後ろからそっと伸びてきた手がそれをつかんで、

「これもお願いします。包みは別で」

と、自分の支払いに含めてしまった。戸惑っているうちに小さな紙袋が渡され、

「あ、ありがとう」

と礼を言うと、

「これくらいで礼を言ってもらえるなら安いもんだなぁ」

と軽く返してきた。こういったやりとりに慣れているようだ。あまり人から物をもらい慣れていないエディスは少々気が引けながらも、もらって嬉しくない訳ではなかった。

その後も気ままに街をぶらついていると、女子学生が二人、アクセサリーの店で楽しそうに話をしているのを見かけた。そのうちの一人がアマンダに似ていて、先日のヘザーの話を思い出して足を止めた。

小さな飾りのついたブレスレットを指さしながら、どちらがいいか品定めをしている。以前アマンダが店先で品物を手に取って選ぶ、そんな買い物に憧れていると言っていたのを思い出した。

隣にいるのが留学生のコリンヌだろうか。コリンヌには侍女がついていたが、アマンダには侍女がついていない。しかしアマンダの方が良家の子女なのは立ち姿からもにじみ出ていた。

確かに二人は仲の良い友人のように見えるが、友人と一緒とはいえ、アマンダがずいぶんと警戒心が薄くなっているのが気になった。店のある辺りは人通りも多く、比較的安全とは言えるが、いつものアマンダであれば自分の立場をわきまえ、周囲の人とはある程度距離を取るのだが。

「何か面白いものでも？」

「ちょっと、こっちに」

ギルバートの腕を引っ張って店の陰に隠れ、二人がアクセサリー店から移動すると行く先を追いかけた。自分達の他にクライトン家の護衛と思われる男も後を追っていた。目が合い、小さく会釈すると、向こうも会釈を返してきた。

紙製品を取り扱う店で便箋を選び、文具店にも立ち寄り、広場に出たところでヘザーがアマンダを見つけた。アマンダは叱られているようだったが、少しも悪びれず、笑いながらコリンヌに手を振って別れた。侯爵家の馬車に乗り込むのを見届けた頃には夕方になっていた。

結局は、アマンダは普通の学生のように街をぶらつき、買い物を楽しんでいただけだった。

「何だか、尾行しているみたいだったな」

「ごめんなさい。アマンダ様がいらしたので気になって……」

「ああ、あれがカーティス殿下のお相手の」

城の関係者だけあって、アマンダと聞けばカーティス王子の婚約者アマンダ・クライトン侯爵令嬢であることくらいはピンと来たようだ。

「学生だと、あんな風に街に出かけることもよくあるの？」

「後から侍女が来た方、だよな？　僕達はよく出かけたけど、侯爵令嬢があんな風に侍女もつけずに街を歩くのは珍しいな」

今日のところは侍女や護衛も合流し、馬車で帰ったのだから大丈夫だろう。

ギルバートは王都の家に戻るようだったので、今日の礼を言ってその場で解散し、エディスは城へと戻った。

「昨日はどうでした？」
と目を輝かせた後輩達に聞かれ、アマンダのことは言わなかったが、ご飯を食べ、街をぶらついて終わった話で若い侍女には充分妄想できたようだ。世間ではデートと言われ、冷やかされながら、途中からはアマンダの監視にギルバートを散々連れ回しただけだ。デートとしては昨日の自分の対応が褒められたものではないことに気が付き、エディスは大いに反省した。これではモテない訳だ。

アマンダが王城に王妃教育に来ていた日に侍女のヘザーに声をかけ、先日のアマンダの一件を偶然見ていたことを話すと、あの日も家からの迎えには何も言わず、学校から街へ直行していたと困り顔で話してくれた。時には後をつけている護衛の目をかいくぐることもあるようだ。
アマンダが街に行くのは毎週ではないにしろ曜日は特定していたので、エディスは自身の休みと重なった日にアマンダの様子を探ってみることにした。

懐かしい学校の制服を取り出し、学生のふりをして学校の中に入って二人を探すとすぐに見つかった。今日の授業は終了したようで、さほど待たないうちにコリンヌの侍女が合流した。先日街で見かけた時にも同行していた侍女だ。今日もお忍び決行らしく、侯爵家の馬車が待つ正門には向かわず、中庭を抜けて西門から学校を出た。侯爵家の護衛も心得ているようで、三つある門に一人ずつ護衛が張り込んでいた。護衛がついて来ているのもわかっているようで、アマンダとコリンヌは二手に分かれてみたり、男性の入りにくい下着店に入って別の入り口から出たり、護衛を翻弄して楽しんでいるように見えた。

二人が帽子屋に入り、店が狭そうだったのでエディスは外で待っていた。しばらくすると大きな帽子をかぶった学生二人が店から出てきて、早足でその場を離れた。護衛はその二人を追った。顔も髪も見えなかったが、エディスにはその二人がどちらもアマンダではないように思えた。

間を置いてアマンダとコリンヌが店から出てきた。さっきの帽子の学生は替え玉なのだろうか。街を散策するくらいでそこまでする必要性を感じないが、たまたま店から出てきたにしては不自然に見えた。

うまく護衛をまいた二人は、くすくす笑いながら護衛が追って行った方向とは逆の方へと向かった。店の並ぶ大通りを歩いていたが、コリンヌが指さすと少し奥まった脇道へと入っていった。その先に女子学生が好むような店はない。

コリンヌと侍女がアマンダに声もかけず、突然路地に入り込んだ。

コリンヌがいなくなったのにも気付かず、そのまままっすぐ歩みを進めるアマンダの前に、三人の男が現れた。足を止め、振り返ったアマンダのそばにコリンヌはいない。

「コリンヌ？　どこ？」

慌ててコリンヌを探すアマンダは、まだ状況がつかめていない。

これはまずい。

エディスはアマンダの元へ走り寄り、手を引いて大通りを目指して走った。

「え、エディス？」

「走って！」

普段走り慣れていないアマンダは今にも転びそうで、すぐに男が追いつき、アマンダの手をつかもうとした。エディスは、

「通りまで走って！　助けを呼んで！」

と叫ぶと、自分はその場に立ち止まり、三人の行く手を阻んだ。

主人の安全を第一に考える。それが侍女の役割。何度もそう教えられてきた。

カーティスのそばにはいつも側近がいて、カーティス自身も武芸の心得があり、今まで危険を感じるようなことはなかった。エディスは武芸など習ってはいないが、この場で自分の主人の婚約者を守ることにためらいはなかった。

アマンダの元へ走ろうとした男に体当たりして邪魔したが、そのまま突き飛ばされ、押さえこまれて腕をねじられた。

アマンダはぎりぎり大通りに逃げ込めたようだったが、安心する間もなく、エディスは後ろ手に

縛り上げられた。

「こいつでも変わらねえだろう。行くぞ」

そのまま担がれ、待機していた馬車に無理やり押し込められると、すぐに馬車は動き出した。

第八章　捕らわれの偽侯爵令嬢

とある古びた屋敷で馬車から降ろされた。馬車の窓はカーテンで覆われていたので、今いる場所がどの辺りなのかもわからない。エディスは三人の男に取り囲まれていて、ナイフで脅され、声をあげることもできなかった。男達は捕まえた女が狙っていた者とは違うことには触れず、エディスと引き換えに金をもらい、去って行った。

金を支払った男がそのままエディスを二階に連れて行き、部屋に放り込むと手早く足首を縛り、猿轡《さるぐつわ》を噛《か》ませて外から鍵をかけた。

部屋はずいぶん埃っぽく、かつては豪華だっただろう壁紙は古びて所々剝がれ、もう長い間人が住んでいないようだった。

膝や腕などあちこちをすりむいているようで、ひりひりとした痛みを感じた。

あのコリンヌの隠れ方、あのタイミング。どう見ても自分をここまで運んできた連中とグルだろう。アマンダはわかっているだろうか。助けを呼んでくれているだろうか。まさか、コリンヌに会って適当に言いくるめられ、そのまま家に戻ったりは……。

エディスは今日は非番だ。王都には家があり、城に戻らなくても誰も不思議には思わないだろう。

動いてもらえるとしても、明日仕事に来ていない自分に誰かが疑問を持ってくれた後だ。それがいつになるかもわからない。

アマンダのことを王城の誰かに話しておくべきだった。今日自分が尾行し、様子を探ることも。婚約者に関心が薄いとはいえ、カーティスに伝え、侯爵家に警備を固めてもらっていればこんな危険を避けることができたのに……。

エディスは今更ながら自分の対応の甘さを悔やんだ。

夕日が沈み、闇が訪れてさほど経たない頃、鍵を開ける音がして部屋に人が入ってきた。

そこそこ身なりのいい男は金色の髪に碧い目、整った顔立ちではあったが冷たく意地悪そうで、この国の社交界では見かけない顔だ。その後ろに男の側近と思われる二人の男がいて、剣を携えている。エディスの猿轡を解くと床に放り投げ、

「さて、そろそろプレナム王国行きにＯＫをもらってくれたかな？」

と聞かれたものの、男が何の話をしているのかわからず、返事ができなかった。

「コリンヌも、君とプレナム王国に行けることを楽しみにしているんだよ、アマンダ嬢」

手にしているランプの明かり程度しかないとはいえ、エディスをアマンダと誤解している。並べば違いは明らかだが、着ているのは同じ制服で、背丈もそれほど変わらず、髪の色も大きく違わない。近くでアマンダの顔を見たことがないのだろう。アマンダでないとわかれば早々に殺されるか

もしれない。ここはアマンダと思わせておくしかない。

しかし、アマンダにプレナム王国に行く予定などあっただろうか。ふらりと行ける距離ではなく、長期休暇にでもならなければ行くことはできない。侯爵家の令嬢が他国を訪れるのは財力的には問題はないかもしれないが、一国の王子の婚約者が気軽に友人と他国へ旅行に出かけるなどあり得ないだろう。

「その分では具体的に話は進んでないな。やはりコリンヌを待っていても時間の無駄だった。……まあいい。君には今後私の指示に従ってもらうことになるよ」

「指示……？」

「王子の婚約者ともあろうものが、一晩家に帰らなかった。その醜聞が意味するところはわかるだろう？　愛する者との逢引、奔放な火遊び、街をうろつく令嬢を襲う輩だっている」

何を想像したのか、男もその側近達も意味深な視線を向け、にやにや笑っていた。

これはまずい展開だ。本物のアマンダではないので王家の醜聞は避けられるとはいえ、下手すると自分が醜聞をかぶることになる。醜聞だけで済むならまだましな方だ。

恐怖で顔が引きつるのがわかった。

それを見て男は、安心させるように優しげな笑みを見せた。

「君はコリンヌの所に遊びに行っていた。……たったそれだけで君も、君の家も救われる。そういうことだよ」

その笑みは、箱入りの侯爵令嬢を手玉に取ろうとする悪魔が、成功を確信して浮かべたものだ。ゾクッと悪寒が走った。

「君が襲われようが、襲われなかろうが、どちらでも変わりはしない。清くあろうが、家に戻れなければ醜聞は免れない。協力しないなら、貴族達が喜んで噂するようなとっておきの事件を用意してあげよう。逆にたとえ襲われようとも、言い訳さえあれば何事もなかったことにできる訳だ。王子と閨《ねや》を共にするまで、君が秘密を守り抜ければ、だがね」

侯爵令嬢、しかも王家の婚約者の純潔は高い取引材料となる。しかしこの男にとっては一人の女の純潔などどうでもいい程度の軽いものなのだろう。

無性に悔しさが湧き上がってきた。

アマンダなら震えて声が出ないかもしれない。しかしエディスはアマンダを真似るのではなく、自分の思う誇り高い侯爵令嬢を演じることにした。

「協力とは、何をお望みなの？」

「……大したことではないよ。君の家に馬車を二台ほど寄贈したい。馭者も新しく雇ってもらおうか」

「馬車……？」

「遠出に使えるような極上のものだよ。君でなくとも、君の父上に使っていただいてもいい。プレナムなり、アドレーなり、他国に出かける機会は多いだろう？」

それは、何か仕掛けのある馬車に違いない。

「大丈夫、乗り手に害はない。侯爵家に迷惑をかけては何にもならないからね。……これから長い付き合いになるだろうから」

馬車を使った国外への運搬。密輸の手伝いをさせようとしているのかもしれない、とエディスは予想した。馬車に秘密の空間を作り、そこに荷を載せて運ばせる。侯爵家の馬車ならそうそう検問を受けないだろう。乗り手に害はないと言うが、それも当てにはならない。積み荷に爆発物を載せられ、そのまま王城にでも行けば、大惨事になる。

しかし、それを察してはいけない。令嬢が愚かであればあるだけ相手は安心するはずだ。

「それだけでいいの？　それならお父様に相談してみるわ」

「是非、頼むよ」

男は満足げな笑みを浮かべた。エディスが止められないでいる手の震えも相手を安心させたのだろう。

「ああ、コリンヌはこのことを知らないからね。君と私との秘密だ。……コリンヌとはこれからも仲良くしてやってくれ」

男はそう言うと、側近の男二人を連れて部屋を出た。真っ暗になった部屋に再び鍵のかかる音がした。

後ろ手に縛られ、足も縛られている。もう一度口をふさがれなかったところを見ると、叫んだところで駆けつけてくれるような人が周囲にいない環境なのだろう。縄は緩みそうになく、足の結び目に口が届くほど体が柔らかくもない。

水も食料も与えられないのは一晩あれば事が済むからか。どのみち今晩が勝負だ。

今の話であの男が満足したなら、侯爵家には「アマンダはコリンヌの家にいて、事情があって泊まることになった」とでも告げるのだろう。明日にはコリンヌの家の馬車で送られ、そしてうまく馬車を屋敷に納めることができればそのままの筋書きで、納められなければ後からでも醜聞を広めるかもしれない。コリンヌの家にいたと口裏を合わせたが、実は……、と。

予定外に一晩屋敷の外で過ごした令嬢。その事実があれば貴族の興味を引く噂話はあっという間に広がるに違いない。真実だろうと、真実でなかろうと。

しかし、今ここにいるのはアマンダではない。侯爵邸に行けば、アマンダが侯爵家に戻っていることはすぐにわかる。そうなれば自分はただの秘密を知る女でしかない。

これはまずい状況なのではないだろうか。

心臓がバクバクと音を立てた。

逃げなければいけない。ナイフとは言わないまでも、何か足の縄をほどけるようなものはないか。体をくねらせて移動してみても、部屋には何もなさそうだ。

エビぞりになって、指先で足のロープに触れても、ほどくことは到底無理だ。机の脚の角に腕のロープをこすりつけたところで、とても切れそうにはないが、それでも試さずにはいられない。

何とかして、ここから逃げ出さなければ。


どれくらい時間が経った後か、近づいてきた足音が部屋の前で止まった。

鍵を開ける音。

ランプを手にやってきたのは、さっきの側近の一人だった。ランプを机の上に置くと、手にしていた空の酒瓶を床に落とした。ゴトンと鈍い音がした。

「今日の賞品は……、と」

近寄ってきた息が酒臭い。顔を背けると、胸元をナイフで裂かれた。

服だけでなく、体にも届いた刃先で、チリチリとした痛みが走った。傷は深くはないが、心臓に近いところまで裂けた服をつかまれ、さらに下へと裂け目を広げられた。

顔の真横で床に突き立てられたナイフがさらに脅しをかけてくる。

「深窓のご令嬢なんて気取ったところで、所詮女は女だ」

悲鳴が声にならなかった。

「何だ、叫びもしないのかよ。つまんねえな。もっと興奮させろよ。それとももう男は充分に知っていて、今更驚きもしないか？　ん？」

近寄ってきた顔に思いっきり頭突きを食らわせ、結ばれたままの足で相手の腹を蹴飛ばした。逆上した男はエディスの頬を殴り、スカートを手荒くめくり上げた。

「このじゃじゃ馬が！　大人しくしやがれ」

下着にかけようとする手を、足を縮めて抵抗した。男は両膝を開こうとしたが、足首を縛っている紐がそれを遮った。

「ちっ」

男は床のナイフを引き抜くと、足首の紐を切り落とした。同時に痛みが走った。肌も切れたようだが気にしていられない。

男はナイフを横に投げ、手で足を押さえようとした。自由になった足は長い間縛られていてしびれが残っていたが、必死になってその辺にあるものすべてを蹴り飛ばした。やみくもに蹴っていたその一蹴りが、たまたま男の急所に当たったらしい。

「うぐっ」

という声がして、股間を押さえて固まった男を、今度は股間に狙いをつけて、急所を守ろうとする手ごと蹴りつぶす勢いで何度も蹴り上げた。こいつを徹底的にやらなければ自分がやられる。その一心だった。

そこへ半開きだった扉が荒々しく開いた。逃げなければと思う暇もなく、入ってきた男はエディスを襲っていた男の頭に蹴りを食らわせ、男は吹っ飛んだ。そして男の襟をつかんで引き起こし、何度も顔を殴った後、最後に腹を殴り、男が抵抗しないのを確認するとそのまま投げ捨てた。襲いかかってきた男は身動きしなくなっていた。

仲間割れなのか、何が何だかわからずにいると、後から来た男がエディスに近づき、抱きついてきた。

必死になって抵抗し、逃れるために頭を振り回して何度か相手の顔にぶつけ、足をばたつかせ、膝で蹴っても踏みつけても自分を捕らえる腕の力は緩まない。やがて耳元で何度も繰り返される言葉が自分の名前を呼んでいるのに気が付いた。

「エディス、……エディス」

抵抗をやめると、自分の背中に回されていた手にさらに力がこもり、それなのに抱き締める以上の無体を働く様子はなかった。

一度体の力が抜けると、もう力が入らなかった。自分がパニックを起こしていたことに気が付き、ゆっくりと考えを巡らせようとしたが、ただ大きく震えが起こるばかりで、何も考えられない。

「エディス……、もう大丈夫だ」

聞き覚えのある声が発するその言葉に、涙が一気にあふれ出し、自分を抱きとめる人の胸に顔をうずめ、声にならない嗚咽をあげながらひたすら泣くことしかできなかった。自分を支える腕は力強く、自分の体を受け止めても揺るがない。指が優しく髪に埋もれ、重い頭を支えてくれる。

もう、大丈夫……?

エディスが落ち着いてきたのを見極めたのか、

「これからロープを切るからな。動くなよ。怪我するぞ」

左腕だけでエディスを支えたまま、腰のあたりから取り出した小さなダガーでエディスの手首に巻かれたロープを慎重に切った。束縛から解放され、ぶらりと垂れ下がった腕をエディスはゆっくりと前へ伸ばし、目の前の人の服をつかんだ。長い間縛られ、恐怖で小刻みに震える手の力は弱く、それでも力を込め、懸命にしがみついた。

もう一度背中に回された腕がより強くエディスを引き寄せ、頬に頬が重なった。自分の名を呼ぶ声が間近に聞こえ、少し速い鼓動が伝わってくる。

襲われた恐怖と先の見えない不安から解放され、安心すると共に緊張の糸が切れ、意識が闇に吸い込まれていった。

第九章　それぞれの「事件」

無我夢中で走り、大通りまで出たアマンダは近くの商店に助けを求めた。それを見た男達はアマンダを追うのをやめ、その場からいなくなった。

ほどなくアマンダの護衛が現れ、街の警備隊も駆け付けたが、男達だけでなく自分をかばったエディスと思われる女性の姿もなかった。馬車が走り去ったのを見た者はいたが、連れ去られたのかもわからない。

そうしているうちにコリンヌが侍女を連れて現れた。

「アマンダ様、ここにいらしたのね。迷子になられたかと……」

コリンヌはずっと探していたようなそぶりで心配そうに声をかけてきたが、すぐにアマンダの護衛がコリンヌを捕らえ、逃げる侍女も警備隊が捕らえた。

「な、何をするの、私はアマンダ様の」

「事情は侯爵家で伺います」

アマンダは、コリンヌが助けを求めても護衛を止めなかった。それよりもいなくなった女性の事が心配で、どうしたらいいのかわからず、うろたえていた。

「ど、どうしましょう、私の代わりに……、あれはエディスよ。きっとそう。どこかへ連れて行かれたんだわ……」

「お嬢様、この件は騎士団も動いていますから、すぐに対応してもらえるでしょう」

アマンダは頷いて努めて冷静であろうとしたが、震えを止めることはできなかった。

コリンヌと侍女はアマンダとは別の馬車で侯爵邸へ運ばれ、この事件は侯爵家を通じてすぐに騎士団に伝えられた。

コリンヌの留学は当初から学業目的ではなく、ルーベニア王国で貴族とつながりを持つことにあった。学校でコリンヌは上位貴族と積極的に接触し、仲良くなったアマンダに狙いをつけた。

アマンダはコリンヌが訳ありであることを父から聞いており、不穏な動きがあれば知らせるよう言われていた。普段なら怪しい者からは距離を置くのだが、向こうが積極的に近づいてきたこともあり、父や王子の役に立てるかもしれない、その思いがアマンダを大胆にした。

初めは取り繕っていた友情がやがてアマンダの中で本物になり、気が付けばコリンヌの情報はほとんど得られていないにもかかわらず、共に過ごす時間が増えていった。

憧れていた街での自由な買い物。気ままに立ち寄るカフェ。友達と街で過ごす楽しさに、護衛や侍女の目から逃れる方法だけが上達していき、やがて侍女や護衛がいないことに慣れてしまった。

アマンダはコリンヌを出し抜くどころか、自分が利用されようとしていることに気付くことさえできなかった。

旅の話をしていて「是非一緒にプレナム王国に行きましょう」と言われて、気軽に「そうね」と返事をした。他国になどそう簡単に行けるものではなく、ただの社交辞令くらいにしか思っていなかったアマンダは、より具体的な話を聞かされても父に報告することもなかった。そもそもアマンダは出かける時に自分で計画を立てたり準備をすることなどないのだ。何を語られても知らない世界の話、実現するはずのない夢物語でしかなく、中途半端な相槌にコリンヌが業を煮やしていたことにも気付いてはいなかった。

あの時、どうしてエディスが近くにいたのかはわからないが、助けられたのは確かだ。護衛に守られる身でありながら、愚かにも自分から離れたのだ。ゲームのように楽しんで、かくれんぼのように上手にできたでしょうと笑って、また会えると信じて……。

エディスがいなければ、連れ去られていたのは自分だ。

アマンダは自分がいかに無防備だったか、自分を守ろうとするみんなに迷惑をかけていたかを痛感し、ひたすらエディスの無事を祈った。

その日、学校が終わるとカーティスは騎士団の団長室に来ていた。

一年ほど前に王都で純度の低い偽金貨が見つかった。王都での流通数はさほど多くなかったが、国内に広まりつつあり、王命が下り、カーティスは騎士団と共に調査をしていた。

偽金貨は国の南東部で多く見つかり、偽物をつかまされた商人に共通したのが南東部に領を持つソンダース伯爵と取引があることだった。捜査を進めているうちにコンラード国でも偽金貨が出回っており、今回流入した金貨も同じタイプの偽物だということがわかった。

そんな折に、ソンダース伯爵家にコンラード国から留学生が来ることになった。留学生コリンヌと、それに同行した侍従侍女は入国当初から監視対象になった。

侍従らは伯爵家とは別に古びた屋敷を借り上げ、入国したその日からコンラード国出身の商人を呼び寄せていた。侍従に扮していた一人はコンラード国のドゥプレー侯爵家次男、シャルル・ドゥプレーだった。あまりいい評判を聞かない男はすぐに何人かの令嬢と接触し、数日でとある男爵令嬢と恋仲になっていた。

屋敷を見張っていた者から第一報が入った。

「動きがありました。男三人が若い女を屋敷に連れ込みました。女は王立学校の学生と思われます」

自分の通う学校の学生が犯罪の疑われる屋敷に連れ込まれたと聞き、カーティスは協力者か被害者か、どちらの線で動くか悩んだ。

「男三人は女を引き渡し、金品を受け取って立ち去ったようです。今、別の隊が後を追っています」

金を受け取ったとなると、本人の意思ではなく連れて来られたのだろう。誘拐の可能性も出てくる。

「もう少し証拠を固めてから動きたいが……」

団長はそう言ったが、カーティスは女子学生が被害に遭うのは避けたかった。

「誘拐容疑で捜査に入るのもありだ。本当に誘拐なら一刻を争うだろう。小隊を向かわせよう」

そこに別の報告が入った。

「只今、クライトン侯爵からコリンヌ・ドゥプレーとその侍女が令嬢誘拐に加担したため捕縛した、との連絡がありました」

それを聞いてアマンダが捕まったのかと思い、カーティスが、

「クライトン侯爵令嬢は無事か」

と聞くと、

「令嬢は無事です」

と即座に回答があった。しかし安心したのも束の間、

「ですが、代わりに別の者が連れ去られた模様です」

別の者と聞き、カーティスはアマンダの学友の誰かが連れ去られたと思い、表情をこわばらせた。

報告に来た者は、これからカーティスに話す内容を思い一瞬声を詰まらせたが、報告を続けた。

「侯爵令嬢の話によると、男達に捕まりそうになった令嬢をかばい、逃がした者がいたのですが、その後、行方がわからなくなっていると……。それが、令嬢の話ではエディスさんだったのではないかと」

「エディスが……？」

エディスならこの時間は王城にいるはずだ。しかし今日は休みを取っていたのを思い出した。

エディスは学生ではないが、もし通りすがりにでもアマンダが襲われるところを見かけたなら、アマンダをかばい、逃がそうとするだろう。可能性を検討している暇などない、一％でも疑わしいなら。

すぐにカーティスは騎士団の上着と剣を手にした。

「第一小隊を出せ。屋敷の連中に悟られないよう、馬は近くのシスレー子爵の屋敷に預け、歩いて屋敷の裏口に向かえ。俺は先に行く」

「殿下が直々に行くんですか？」

驚く騎士団長に、

「俺より十分以上到着が遅れるようであれば無能とみなす」

と言い捨て、その場を離れた。それを聞いて第一小隊長レイモンドは騎士団長に目で了解を取ると、すぐさま自身の隊に集合をかけ、カーティスを追うように出動した。

問題の屋敷にほど近いシスレー子爵邸に馬を預けたカーティスは、小走りで屋敷の裏手に行くと、張り込んでいた団員のダニエルに後ろから声をかけた。

「中には何人いる」

忍ぶ足音に気付かず、急に声をかけられたダニエルは悲鳴をあげそうになったが必死にこらえ、恐る恐る振り返った。

「で、殿下！」

まさか王子が直々に来るとは思ってもいなかったダニエルは、驚きながらも現在の状況を報告した。

「主犯格の男と、その側近が二名、それに下働きの男が二名です。夕方に三人の男が王立学校の制服を着た女を連れて来ましたが、その男らは金品を受け取り立ち去っています。そいつらは今第三小隊の連中が追っています」

「実質五名か……屋敷の中の動きは」

「わかりません。明かりが動いたのは一階の居間と、二階の左奥から二つ目の客室です。学生はどちらかにいると思われますが、姿は今のところ確認できていません」

間もなく、第一小隊の三人が息を切らせながら合流した。遠くから集まって来る隊員の気配を確認しながら、カーティスは先に来た三人を呼び寄せた。

「先行して突入する。ギルバートとシメオンは一階に、ウォレスは俺と二階だ。捕らえられている学生の救助を最優先とするが、誘拐犯を逃すようなぼんくらは騎士団にはいらん」
それは救助も犯人逮捕もどちらもこなせという命令だ。これから突入する三人も、見張りを続けるダニエルもこくりと頷いた。

勝手口から男が一人出てきた。すぐにシメオンが向かい、相手が声をあげる間も与えず一撃で伸《の》していた。男を縛り上げたシメオンが小さく手を挙げて合図すると、四人は開いたままになっている勝手口から突入した。

室内でもう一人の下働きの男を見つけると、ウォレスが男の口に手を当て、みぞおちを殴って気絶させた。これで家の中に残っているのは男三人と学生だけのはずだ。

明かりの漏れる居間は廊下の先にある。シメオンとギルバートが頷いて居間へと向かった。

カーティスはウォレスが下働きの男を拘束し終えるのを待たず、先に二階に駆け上がった。エディスとは限らない。アマンダの見間違いの可能性もある。そう思うのに心がざわつき、気持ちが焦った。早く確認しなければ。エディスでなくとも捕まった女子学生を解放してやり、これをきっかけにこの事件が少しでも解決に向かえば。

ドアが半開きになった部屋から聞こえる乱闘の音に、すぐさま部屋に駆けこんだ。

床に膝をついた男の足の間に女がいた。制服のスカートがめくれ上がり、足で激しく抵抗している。男は一物に一撃を食らったらしく、股間を押さえてやや内またになりながらも、何とか押さえつけようと反対の手を伸ばしていた。

すぐさま男の頭に蹴りを食らわせると、男はぶっ飛んだ。隙を与えず襟元をつかんで顔を数回殴り、ぐったりとしたところで腹にとどめの一撃を食らわせて床に放り投げた。

後ろ手に縛られ、震えながら後ずさる、それがエディスだとわかったとたん体が動いていた。すぐに駆け寄り、エディスを両手で抱き締めた。しかしパニックを起こしていたエディスは頭や足、自由になる部分を使って自分を捕らえようとする者を振り払い、悲鳴にさえならないかすれた声を漏らしながら逃れようと必死に暴れた。蹴られ、踏まれた足は痛く、振り回す頭が鼻や顎に当たったが、決して痛いとは口に出さず、怒りも見せず、ただひたすら我慢しながら、

「エディス、……エディス」

と何度も名を呼び続けた。

その声が届いたのか、必死に抵抗を続けていたエディスが動きを止め、力が抜けて身を預けてきたのがわかった。まだ体が震えていた。手が自由にならないエディスに代わり、抱き締める力を少しだけ強めた。

「エディス……、もう大丈夫だ」

震えながら漏れ出す嗚咽と共に、ボロボロと涙があふれ出てきた。自分の胸に顔をうずめて肩を

震わせる姿に、もう少し早く来てやればよかったと、外で頃合いを測っていた時間さえもが口惜しく感じられた。

エディスが落ち着くのを待っている間に、ウォレスが倒れている男を縛り、後から来たダニエルと共に部屋の外へ運び出した。小さく頷くと、二人は頷きで返した。

一階もにぎやかになっている。残りの男達も捕らえられ、引き続き屋敷の中を捜索するのだろう。

「これからロープを切るからな」

カーティスは左腕でエディスを支え、腰につけているダガーを抜いた。

「動くなよ。怪我するぞ」

そしてエディスの手首を縛るロープを怪我をさせないよう慎重に切ると、エディスは自由になった腕をゆっくりと動かし、カーティスの服をつかんでしがみついてきた。まだ震えが残る体をもう一度両手で抱き締め、熱を帯びた頬に自分の頬をそっと当てて、エディスの名を呼んだ。耳のそばでつぶやくように名を口にし、唇を頬に当てると涙の味がした。

徐々にエディスの重みが増し、気が付けば目を閉じてぐったりとしていた。気を失っているのか、眠っているのかもわからない。カーティスはエディスの唇に指でそっと触れ、目覚めないエディスに触れるだけの口づけをした。

部屋から連れ出すために抱え直そうとして目を見開いた。エディスの服は胸元が大きく裂け、胸が顕《あらわ》になりそうなほどはだけていた。白い胸にうっすらとついた切り傷の赤い線が痛々しく、本当によく無事だったと、改めて思った。ほんの数分の差で取り返しのつかない傷を負わせるところだった。本当に大丈夫だったのか、今すぐ全身を確かめたい思いが湧き起こったが、意識がないとはいえ傷ついたエディスに追い打ちをかけるような卑劣なことはできなかった。

自分の上着を脱いで背を前にしてエディスにかけ、抱きかかえるともう一度軽く唇を合わせ、二度とエディスに見せることのないだろう忌まわしい部屋から立ち去った。

一階に行くと、レイモンド第一小隊長が声をかけてきた。

「ご無事でしたか」

「危うく襲われるところだったが、間に合った。あちこち怪我をしていて気を失っている」

「殿下は、ご無事で?」

カーティスがエディスのことしか語らないので、レイモンドは王族であるカーティスの無事を再度聞き返した。型通りだとわかってはいたが、カーティスは白けたように細めた目で冷ややかな視線を向けた。

「見ての通り何ともない。そっちはどうだ」

「家の中にいた者は全員捕らえています。偽金貨も屋敷内から見つかりました。欲を言えば商会の連中も一緒にしょっ引きたかったところですが、そちらは追々外堀を埋めていけばいいでしょう」

「……後で報告を頼む。俺は先に帰る」

レイモンドは礼をして、捜索の指揮に戻った。

近寄ってきた側近のエドガーが馬車の場所を告げると、頷いてエドガーには騎士団の仕事を手伝うよう命じた。エドガーが寄越した王城の馬車に乗り込み、カーティスはエディスを抱えたまま王城へと戻った。


王城内にあるエディスの部屋ではなく、第一王妃宮の客間を用意させ、侍医を呼んで様子を見させたが、あちこち打撲や切り傷があるものの命に関わるような深刻な怪我はなく、男に襲われていないことも確認された。

それを聞いてカーティスはようやく安堵の息をついた。

しかし、当面心の傷は残るだろうから、男であるカーティスはたとえ見知った仲であっても距離を置き、エディスの負担にならないようにと言われた。

カーティスは事件が事件だけにやむを得ないと思いつつも、せっかく自分が助けたのに、とちょっと面白くなさそうな顔で眠るエディスを見つめていた。

部屋付きとなった侍女が小用で部屋を離れた隙に、カーティスはエディスの前髪をそっとかき上げ、額に、続けて唇にも口づけをし、侍女が戻るのを待って部屋を出て行った。

第十章　侍女失格

目が覚めると、エディスは見知らぬ部屋にいた。

体のあちこちに鈍い痛みがあり、所々ピリピリする鋭い痛みが走った。打撲に擦り傷、大した怪我はなさそうだったが、胸元の痛みに少し上半身を起こし、着ていた夜着の首元を引っ張ると、薄いながらもまっすぐについた切り傷の跡があり、自分に何があったのかを思い出して、思わず、

「ひっ」

と声をあげた。思い出したと同時に震えが起こり、止めようとしても止められなかった。

近くにいた侍女が慌てて駆け寄ってきた。顔見知りの侍女ローゼだった。自分は安全な場所にいるのだとわかったものの、一度沸き起こった緊張感はなかなかほぐれなかった。

「ここは……、王城？」

「第一王妃宮の客室です」

王城まで戻っているなら、自分の部屋にいてもいいのに。

天蓋のついたふかふかのベッドに、寝ている間でも自分のために控えている侍女。どこのご令嬢だろう。自分にそぐわない待遇が妙に居心地が悪かった。

「私のお仕着せは……」

「とってきましょうか？」
「頼んでいい？　何だかこの部屋、落ち着かなくて」
「ちょっと待っててくださいね」
ローゼはすぐに部屋を出て行った。

窓の外は明るく、昨日のことが悪い夢のように思えてきた。ただの夢。本当はなかったこと。それならいいのに。

事件がどうなっているかはわからない。しかしアマンダや侯爵家に不利なことは起きていないだろう。侍女としては主人の婚約者を守れたことになる。しかしそれがこれほどまでに重いものだとは思わなかった。偉そうなことを言いながらも、平和な王城の中で守られて過ごしていた自分には覚悟が足りない。

エディスは本気で侍女の職を辞することを考えた。やめるなら、カーティスの卒業に合わせた方がいいだろう。

決意と共に布団を握りしめたところでノックの音がしたので、侍女のローゼが戻ってきたのかとベッドから降りたが、返事をしていないのにドアが開き、入ってきたのはカーティスだった。

知っている人だ。安心していいのにびくりと体が硬直した。それを見抜いたかのように少し距離を置いたまま、

「傷は痛むか？」

と声をかけてきた。昨日、助けに来てくれた人と同じ声に、体のこわばりが抜けていくのを感じた。

怖くない。大丈夫。

エディスはゆっくりと息をついた。

「多少は痛みますが、大丈夫です。今からでも働けるくらい」

「今日くらい休め」

ゆっくりと近寄り、伸ばされた手が額に当てられた。

「熱もないな」

「ないです。だいじょ……」

言い終わらないうちに、その手がエディスの背中に回され、抱き締められた感触は、昨日暗い部屋の中で縋《すが》りついた胸と同じだった。何だかほっとしてずっとこのままでいたい気持ちが何かの拍子に変わっていき、うまく呼吸できなくなって息苦しく、どくどくと心臓が音を立て、全身の血がざわめいた。熱はなかったはずなのに妙に熱っぽい。

「無事で、本当に……、本当に良かった」

すぐ耳の近くで響く声。昨日、何度も何度も自分の名を呼んだ、あの声だ。

「殿下……。助けに来てくださり、ありがとうございました」

「……俺が行った時には、あの男は既に一撃喰らっていたようだが」

言われて顔を上げ、すぐ近くにある顔に改めて自分の顔が火照るのを感じ、慌ててカーティスの胸を押して距離を取った。

「た、たまたま当たりどころが良かっただけです」

本当にたまたまだった。男が逆上して刺し殺されていたかもしれないし、あの男から逃れられたとしても、カーティスが来てくれなければ残りの二人に捕まり、辱めを受け、下手すれば命はなかったかもしれない。生々しく甦る恐怖心を抑え、思い付くままカーティスを咎める言葉を吐いた。

「それより、助けてもらって言うのも何ですが、殿下が自ら突入するなんて感心できません。もし御身に何かあったら……。騎士団の皆さんもお困りだったのでは？」

すると、カーティスは明らかに機嫌を損ね、拗ねたような顔でエディスを睨みつけた。

「命令を待ってるような連中に任せておけるか。一刻を争う事態だったのに」

カーティスの言葉に、本当に自分のために駆け付けてくれたのだと、エディスは胸の中に広がっていく喜びを抑えることができなかった。

「ありがとうございました。殿下が来てくれて、……嬉しかった」

はにかみながら素直に礼を言うと、カーティスは少し驚いたような顔を見せ、エディスをじっと見つめると、突然軽く唇に唇を押し当てた。

「へっ？」

とぼけた声で目を見開き、硬直しているエディスに、

「礼くらい、もらってもいいだろ」

そう言ってもう一度短く唇に触れると、頭の後ろに手が添えられ、三度目に重ねた唇はすぐには離れなかった。エディスはいつの間にか目を閉じ、優しくほぐされるように触れる唇が離れるまで抵抗しなかった。

そんな自分が信じられなかった。

いつもなら、婚約者以外の女性に関心を向けるそぶりを見せただけで、王子の自覚を持て、婚約者に誠実であれ、権力で何でも許されると思うな、女の敵、いろんな罵詈雑言が思い浮かんでくるのに、何も出てこない。考えることがすべて真っ白になり、やわらかな唇の名残のしびれだけが心を占めていた。

「詳しいことは後で話す。今日は一日休め。大人しくこの部屋にいるんだぞ」

あっさりと解放され、まるで何もなかったかのようにカーティスは部屋を出て行った。

一人残された部屋でエディスはしばらく呆然としていたが、急に怒りが込み上げてきた。それはカーティスに対してではなく、自分に対しての怒りだった。

主人を守るのが侍女の役目なのに、主人に守られ、主人からの愛を受け入れてしまった。そんなことをするのは侍女として最低だと思っていたのに、まさか自分が……。

なんてこった……。

せっかく持ってきてもらったお仕着せは、その日は着ることが許されなかった。

「明日までこの部屋で待機すること。待機は命令だって殿下がおっしゃってましたよ?」

ローゼは冷やかすように笑って言うが、命令と言われると従わない訳にはいかない。

おとなしく部屋で横になっていると、リディア妃とクレアが見舞いに来てくれた。リディア妃は事件を思い出させるようなことはあえて言わず、クレアはエディスが熱を出したと思っているようだ。遊んでほしそうにしながらも、

「エディスが元気になったら遊んであげるから、早く元気になるのよ」

と、自分の我慢に胸を張りながら、エディスをいたわってくれた。

食事は王家の方々と同じものが部屋まで運ばれ、そのうえおやつまで出された。丸いまま出されたフルーツケーキは、シェフからのお見舞いだった。持ってきてくれた侍女に声をかけ、休憩中だった侍女仲間も呼んでみんなで堪能した。

「湯あみとマッサージはいかがですか?」

ローゼの申し出をひきつった笑みで辞退し、風呂は使わせてもらったが、当然自分一人で入った。

「これ、この機会に試してみてください。おすすめです」

そう言って置いていってくれたカモミールの香りのするオイルは、遠慮なく試させてもらった。

翌朝、城の侍医から再度診察を受け、仕事に復帰することを許されたが、既にカーティスは学校に行っており、自分が不埒な扱いを受けた事件の真相を聞けたのはその日の夜だった。

カーティスは学校が終わると騎士団の詰め所に向かい、戻って来たのは少し遅い時間だった。エディスはカーティスの部屋に呼ばれたが、カーティスは昨日のことなど忘れているかのように普段と全く変わらなかった。エディスもまた普段と変わらぬそぶりで事件の真相を聞いた。

ここ一年ほど、ルーベニア王国で純度の低い金貨が見つかるようになり、既に王都にまで流通していた。調べを進めているうちに南西部の地域に多く偽金貨が出回り、出所を探るうちにソンダース伯爵が絡んでいる疑いが出た。

王はソンダース伯爵から支払いがあれば徹底して金貨を調べるよう秘かに通達を出し、偽金貨を見分ける方法をいくつかの信頼できる取引先に伝授した。鉄の混じる金貨は磁石に反応し、すぐに見分けがついた。偽物の疑いのある金貨を選り分けると支払いの半分は偽金貨を使っており、今まで偽物をつかまされていた商人達は警戒を強め、伯爵との取引をやめる者もいた。

偽金貨はコンラード国でも広まっていて、刻印の特徴から同じ所で鋳造されたものであることは明らかだった。

ソンダース伯爵はコンラード国のドゥプレー侯爵と親戚関係にあり、ドゥプレー侯爵が用意した偽金貨をルーベニア王国に持ち込み、支払い時に混ぜていたのだ。しかし思いのほかルーベニア王国の対応が早かった。商人からは支払いに使う金貨にルーベニア王国の新金貨を指定されるようになり、偽金貨は使えなくなっていった。

ソンダース伯爵は持て余した偽金貨を他国に運び出すことにした。

周辺国はまだ偽金貨への警戒が薄い。しかし金貨の持ち出し量は規制されており、表立って運び出すことはできない。

ドゥプレー侯爵の次男シャルルは自国で何人かの貴族の娘と関係を持ち、援助やプレゼントとして隠し荷室のある馬車を提供し、盗難品や武器、薬など様々な密輸に利用していた。ルーベニア王国内に偽金貨を運んだのもこの方法だった。

同じ方法でルーベニア王国から他国に偽金貨を運び出せばいい。シャルルは父の命を受け従妹のコリンヌの侍従に扮してルーベニア王国に入国し、世間知らずな令嬢に言葉巧みに近づき、さっそく一人の男爵令嬢を恋人にした。自身の高貴な身分をほのめかし、馬車を「お忍び用に預けたい」と言うと、令嬢は疑うことなく受け取り、馬車を使った遠方への「デート」を繰り返した。

コリンヌの父はドゥプレー侯爵の弟だったが、コリンヌが幼いうちに亡くなり、ドゥプレー侯爵から援助を受けていた。生活の質を落とせないお嬢様育ちの母のためにもドゥプレー侯爵からの

「依頼」を引き受けない訳にはいかなかった。

アマンダはコリンヌが初めて「仕事」をした相手だったが、シャルルの色仕掛けのようにははかどらなかった。相手は羽振りの良い上位貴族で馬車も充分に所有しており、どういうきっかけで馬車を屋敷に納めてもらうかも決まらなかった。とりあえず旅行を計画し、用意した馬車を使って一緒に他国に行くことを考えていたが、アマンダはなかなか乗り気になってくれなかった。そこへシャルルが手を出してきた。

侍女もつけずに街を出歩くことに抵抗をなくしているアマンダの話を聞き、シャルルはコリンヌに指示を出し、護衛を確実に遠ざけ、アマンダを路地裏に誘導して連れ去るよう仕向けた。

シャルルは本物のアマンダと面識がなかったために誘拐した令嬢が入れ替わっていたことにも気付かず、計画通りに話を進めていった。侯爵家に馬車と馭者を受け取らせる。王子の婚約者である令嬢を脅すのは簡単だった。今後の脅迫のために令嬢を襲うのも計画のうちで、酒を飲みながら片手間のカードゲームの「賞品」として側近の男がその役を手に入れた。しかし思わぬ抵抗で犯行は未遂に終わり、男は誰よりも深い怪我を負うことになった。

誘拐の実行犯三人、シャルルと二人の側近と下働きの男二人、そしてコリンヌとその侍女は女子学生誘拐の罪で捕らえられ、それをきっかけに偽金貨事件の解明が進んだ。

屋敷には進呈を待つ馬車が置いてあり、これから運ぶ予定だったと思われる偽金貨も見つかった。

馬車はシャルルの新たな恋人に贈られる予定のものだった。他国で盗まれた絵画や宝飾品なども見つかり、ここを拠点に盗品を捌いていたと思われた。

王都にあるソンダース伯爵家もその日のうちに捜索を受け、偽金貨はもちろん、盗品の売買に関わる書類も押収され、伯爵は騎士団に身柄を拘束された。翌日には領の屋敷も捜索を受け、大量の偽金貨が見つかった。

シャルルの恋人となった男爵令嬢の自宅にあった馬車からも偽金貨と異国の薬物が見つかった。もちろん令嬢もその家族も捜査から逃れることはできなかった。

捕らえられたシャルルは父の名を出し、冤罪だ、国際問題だ、早く解放しろと大騒ぎしているが、ドゥプレー侯爵はシャルルのことは早々に切り、偽金貨事件との関与を否定するのではないかと見られている。シャルルは一介の侍従としてルーベニア王国の法で裁かれる見込みだ。

残念ながらドゥプレー侯爵を捜査する権利はルーベニア王国にはなかったが、コンラード国にも今回の事件は報告され、ドゥプレー侯爵への対応はコンラード国に一任した。

ルーベニア王国ではより複雑な刻印の新しい金貨を鋳造している。エディスは新しい鋳造所を建てた記念にデザインを変更したくらいにしか聞いておらず、自分には縁の薄い金貨の話などすっかり忘れていたが、裏には今回のような偽金貨への対策もあったのだ。

今回の事件で見つかった偽金貨はすべて没収。後日精製され、新しい金貨に作り替えられる予定だ。

アマンダが自ら囮《おとり》役のつもりでコリンヌと接触していたことも聞かされた。

囮役どころか、完全に騙されて友情を深めており、たまたまとはいえエディスがいなければアマンダの身が危うかったのだ。自分が捕まってよかったとは思えないが、アマンダでは窮鼠《きゅうそ》の反撃など繰り出すことはできなかったに違いない。

エディスは今後アマンダがこんな無茶を思い立たないことを切に願った。

事件から三日後、カーティスの元にクライトン侯爵が訪ねて来た。

本当の用件はカーティスではなく、そのそばに仕えているエディスへの礼だった。

表向きには今回の事件と侯爵家は無関係となっているが、どうしても感謝を伝えたいという侯爵の意向を受け、エディスは気持ちだけを受け取るつもりだった。しかし礼としてスタンレー領への援助を打診されれば断ることはできなかった。クライトン侯爵にとってこの程度の駆け引きなどお手の物だろう。

そのうえでも、アマンダを事件に関わらせたことについては、侯爵に一言言わずにはいられなかった。

「コリンヌ様の指導があったとはいえ、侍女や護衛の隙を突くなんてなかなかできるものではありません。みるみる上達していたようですし、あれは一つの才能です。楽しそうだったので癖にならないといいのですが……。今後、その才能を開花させることがないよう、このような事件に関わらせることはお控えください」

エディスの忠言を不快に思うことなく、クライトン侯爵は娘を思い出したのか顔を背けて咳払いをしたが、ほのかに笑みを浮かべていた。

「私の役に、ひいては殿下の役に立ちたいと言われては無下にできず……。まさか、あれに護衛をまく才能があろうとは思わなくてな。……楽しそうだったか。以後、気を付けねばならんな」

それは家の外では滅多に見せない素の顔で、カーティスは侯爵がいなくなってから、

「あのおやじ、あんな顔もするんだな」

とつぶやいていた。

王子の役に立とうと、慣れない囮役を引き受けたアマンダ。結果はともかく、エディスは、アマンダは王を支える良い王妃になるだろうと思うと同時に、心の奥が罪の痛みにうずいた。

事件からさらに数日後、エディスはギルバートに声をかけられた。

あの事件の時、ギルバートは騎士団の一員としてカーティスと一緒に屋敷に来ていたと言われた。エディスはカーティスが一人で乗り込んだとは思っていなかったが、他に誰があの場にいたのか全く知らなかった。それどころか本来なら受けるはずの事情聴取さえもなかった。攫われた「女子学生」の正体は伏せられたままだ。

「王子自ら現場に乗り込むんだよ。もう驚いたよ。何なんだあの人は」

カーティスは騎士団に籍があるが、それは名誉職的な統括者であり、制服を着用することはあっても現場に行くことなど通常はあり得ない。偽金貨の事件担当を王から命じられていたとしても、それに派生した誘拐事件に率先して屋敷に飛び込んでいく立場の人ではないのだ。

「僕は主犯のいけ好かない奴を捕まえてたんだけど、めんどくさい奴でさ。その間にカーティス殿下が君を抱えて出てきたんだ。僕なんて、君があの屋敷に捕まっていたことさえ知らなかったのに」

カーティスはアマンダからエディスが連れ去られたことを聞いていたのだろう。

誰よりも真っ先に自分のところに駆けつけてくれた。それはまさにヒーローであり、あまりにかっこ良過ぎて自分のためだったと自覚すればするほど恥ずかしくて仕方がなかった。そして恥ずかしさ以上に嬉しいと思う自分がいる。だけどその思いは心の奥に秘めるしかない。この先ずっと……。

「君を大事そうに抱きかかえて運ぶ殿下を見た時、これは勝ち目ないなと思ったよ。命が惜しいから、これからは一対一で君を誘うのは控えさせてもらうよ」

「……まあ、そんな風に思われても仕方ないけど、……殿下には婚約者がいるから。私こそ誤解を招かないよう気を付けなくちゃ」

ギルバートはにやにやしながら何か言いたげにしていたが、それ以上何も言わなかった。

それ以降も、ギルバートとは会えば話をする友達として付き合いは続いたが、一緒に街に出かけることはなかった。

あの事件の後も、アマンダは侯爵家が事件と関係していないことを証明するために、普段と変わらぬそぶりで学校に行き来していた。友人であるコリンヌの逮捕を初耳のように驚き、せっかくお友達になれたのに、と嘆く姿を疑う者はいなかった。

エディスに会って謝りたいと父であるクライトン侯爵に頼んだが、誘拐されたのはアマンダでもエディスでもない架空の女子学生とするために、ほとぼりが冷めるまでエディスとの接触は控えるよう言われ、エディスへの謝罪も父に任せるしかなかった。

父から、エディスは元気そうにしていて、アマンダの護衛をまく技は「才能」だと評価していたと聞いた。思い出しながら侯爵がククッと笑い声をあげ、

「なかなか変わった子だ」

と悪からぬ評価を下した。

「スタンレー領を支援することにしたよ。なかなか礼を受け取りたがらなかったが、家のためとなると断れないらしい……。ずいぶんな孝行娘だ」

クライトン侯爵は借りを作るのを嫌う性分だが、今回ばかりは感謝などという言葉では言い尽くせず、この恩は何をもってしても返しきれるものではないと考えていた。もちろん、そこには恩返しだけでなく、将来的な打算もあるのだが。

その次のお茶会では、アマンダはずっとそわそわして過ごしていた。いつものようにお茶を用意し、後ろに控えるエディス。エディスに声をかけたいが、今は王子との時間。そう思うほどに会話は弾まなかった。カーティスもそんなアマンダの気持ちを察したのか、いつもより早く席を立ち、続く乙女のお茶会に時間を譲った。

「エディス！」

アマンダはカーティスがいなくなるとエディスに駆け寄り、飛びつくように首に腕を回して抱きついてきた。

「ごめんなさい、私、私……」

エディスは黙ってアマンダを受け止め、落ち着くのを待ってアマンダの肩に手を置くと、自分から引き離した。驚くアマンダを鋭い目で睨んだが、アマンダが身をすくませたのを見て、

「だから言ったでしょう?」

とやれやれとでも言いたげな口調で話しかけた。

「周りの忠告を聞かないと怖い目に遭うんですよ。よくわかったでしょう? これからは周りの人の話を聞いて、常にご自身の身を守ることを第一に心がけてください」

アマンダはこくりと頷き、アマンダの侍女達もほっとした表情を見せた。いつの間にか身代わりになったエディスへの謝罪から、言うことを聞かなかった自身への反省にすり替わってることに、アマンダは気付いていなかった。

その日の話題はどうしても事件寄りになってしまった。エディスはアマンダが受け止められる程度の話を選び、久々に制服を着て学校からずっとアマンダを尾行していたことや、襲われかけて襲撃者の一物を見事にヒットした話をした後、

「もう思い出したくもないので、この話はこれで終わりにしてくださいね」

と言って、この話題はもちろん、これ以上の謝罪も断った。

エディスはアマンダに自分を助けてくれたのがカーティスだったことを言わなかった。それは事実であり、頼りになる婚約者を褒めればアマンダも喜ぶだろうが、その名を思い出しただけで心が痛んだ。

自分の方が謝りたかった。しかし、謝ることもできない。

自分はあくまで侍女だ。このままカーティスとのことは胸に秘め、自らを戒め、決してアマンダを悲しませることはしないと心に誓った。


その後、カーティスとは何もなく、侍女として普通に仕えている。

あの「礼」はただのお礼、それ以上の意味はなかったようだ。

ちょっと自意識過剰だったたか、と反省はしてみたものの、男の人はああいうことをお礼として受け取れるものなんだろうか。エディスは時々思い出しては悩んでいた。

侍女を手籠めにする主人、侍女の産んだ子供を引き取る貴族の話など、侍女にまつわるスキャンダラスな話は時々耳にするが、思った以上に身近で起こりうる案件であり、自分には縁遠いと思っていたことを大いに反省した。カーティスがあれ以上手を出さなかっただけで、一歩間違えばあのまま押し倒されても受け入れてしまっていたかもしれない。絶対にない、なんてことは言えない。相手だけが悪いなんて、とてもじゃないが言えない。

襲われたところを助けられて、弱気になっていたから。

その場の成り行きで。

言い訳を並べたところで、人の倫理観なんて、ほんのわずかなきっかけではじけ飛んでしまうものなのだ。ずっと自分は大丈夫だと思っていたけれど、それにはかなり自信を持っていたけれど、今やその自信はことごとく崩れていた。

触れた唇を思い出すだけで心はざわめき、体の中を巡る熱までも甦ってくる。

このざわざわが恋というものなのかもしれないと気付き、とんでもなく厄介なものにとりつかれてしまったと思った。

絶対にこの恋を実らせまい。気付かれてなるものか。

エディスは堅く決意した。


エディスは結婚退職ではなく、一身上の都合でカーティスの卒業と同時に王城の侍女をやめて領に引きこもることを決意し、リディア妃に告げた。

「そう。……それは残念ね。あなたがいなくなると、クレアもさみしがるわ。考え直すつもりはないの？」

引き留めるリディア妃の言葉に、エディスは深々と頭を下げた。

「もったいないお言葉です。引き継ぎもぬかりなく務めさせていただきます」

そして退職までの期間、カーティスやクレア、アマンダのために新人侍女の育成に力を入れることにした。

第十一章　夜会の招待状

王家主催の夜会が二人の王子の誕生会の一か月前に開催されることになった。例年なら誕生会のような大きなイベントから離れた日程が選ばれるのだが、何か事情があるようだ。

父であるスタンレー子爵宛とは別に、エディスに名指しで招待状が送られてきた。王城の侍女であるエディスは夜会では常に裏方を務め、ゲストとして出席することなどなかったのだが、どうして今頃……。カーティスに聞くと、

「王子の婚約者を見繕いたいんだそうだ」

と言われた。つまり、ジェレミーの新しい婚約者を決めたいのだろう。ふと遠い昔に参加した誕生会の出来試合が頭をよぎった。

「どうせ今回ももうお相手は決まってるんですよね？　だったら私の一人くらい欠席してもいいですよね」

既に欠席する気満々だったエディスに、カーティスは、

「参加必須だ。拒否権はない」

と告げた。相変わらずの王家の有無を言わせないやり方に思わず顔をしかめ、正直な口が、

「めんどくさ」

とつぶやいていた。自分の婚約者探しもやめたし、この手の話からしばらく遠のきたいと思っていたところなのに。

「王家からの招集を面倒がるな」

そう言いつつも、カーティスも難しい顔をしていた。

「……ドレスを贈ろう。夜会など、久しぶりだろう」

久しぶりどころか、パーティーに客として出席するのはあのお子ちゃまを集めた誕生会以来だ。

エディスは王城の庭で時間を潰したあの日のことを思い出していた。

あの時は母のドレスを直して参加した。家に戻れば母のドレスがまだ何着か残っているだろう。宝石も全てを売り払ってはいないはず。どうせ貧乏子爵家の令嬢など誰も眼中にはないのだから、その他大勢の壁の花一輪、適当に装って、適当に抜け出せばいい。

「お気遣い無用です。一応稼いでますし、家に帰れば母のドレスだって……」

「俺が贈りたいんだ」

いつになく強情モードに入っているカーティスに、エディスは溜め息をついた。まさかわかっていないはずはないのだが。

「……あのですね。女性にドレスを贈るってことは、それなりに意味があるんですよ？　婚約者であるアマンダ様にこそ贈るべきで、たとえ慰労であっても私のような侍女には」

「慰労じゃない。……いや、慰労でもいい」

矛盾した言葉に、どっち？　と突っ込みを入れたくなったが、どちらでも大差はない。

「謹んでお断りします。殿下がどういうつもりでも、侍女と男女の関係があると誤解を生みかねない行為は避けるべきです」

「誰にどう思われようと構わない」

はっきりそう言われて、これ以上反対するとよくない方向に話が行きそうに思え、エディスは警戒して口を閉じた。

黙りこくったエディスに、カーティスは少し強い口調で言った。

「ドレスは用意する。夜会には参加しろ。家に戻って準備するならそれでもいい。城にいるなら準備できるよう手配する」

「……命令ですか？」

「要望だが、逆らうなら命令する」

結局逆らえないなら命令でしかないではないか。反抗心は募ったが、どのみちこの招待は王命だ。

「……わかりました」

そう答えると、いつもの仕事に戻った。

夜会の日、エディスは休暇を取って久々に王都の家に戻った。

侍女がちょっと家に戻るだけなのにわざわざ馬車が用意され、エディス本人と共にカーティスから贈られたドレスや装飾品、靴に至るまで今日の衣装一式が家まで運ばれた。どう見ても荷物を運ぶのがメインで自分の方がついでだが、ありがたく便乗させてもらうことにした。


王都の屋敷には兄のアルバートがいて、今日の夜会には父の代理として一緒に参加することになっていた。以前よりは使用人も増え、掃除も庭の手入れも行き届いていた。

今日のために夜会の支度のできる臨時の侍女も手配してくれていた。

用意してもらったドレスは腰のあたりの広がりは控えめで、裾に行くにしたがって白から淡いオレンジ色へとグラデーションがかかり、裾には金のライン状の刺繡がほどこされていた。ここまで自分の体にぴったり合っているドレスを着るのは初めてだった。調整の必要はなく実に着心地がいい。業務の一環で採寸させられたが、今回は何かと王子の強権を突き付けられている。らしくないと思う反面、相手は王子だったと今更ながら思い知らされた。

イヤリングやネックレスに使われているのはどうもダイヤモンドらしい。イエローダイヤを中心に周囲にホワイトダイヤが連なるネックレス。値段を聞いたら金庫にしまいたくなるに違いない。この夜会が終わったら即返すつもりだが、万が一にもなくさないか心配だった。

車軸や車輪が歪み、揺れまくって悪酔いを誘った馬車は新調されていた。

四か月前にじいやは引退し、屋敷を去る前にお別れ会をした。その席で本人から相応の退職金をもらえたので安心するよう言われた。じいやには最後まで気を遣わせてしまった。代わって新しく馭者が務まる使用人が雇われている。自分が思っている以上に領の収益は回復しているようだ。クライトン侯爵家からの援助もかなりのものだと聞いている。

兄と一緒に家の馬車に乗り込み、いざ王城へと意気込んでみたものの、職場である王城に向かうのはあまり新鮮味はなかった。

カーティスの卒業に合わせて侍女をやめるつもりであることを兄に話し、

「侍女をやめたら領の家で暮らすつもりだけど、いい？」

と尋ねると、

「おまえはずっと家のために頑張ってきたからな。好きにしていいが、引きこもるだけでなく、そろそろ自分のことを考えないとな」

と返された。そういう兄に、

「じゃあ、お父様に頼んでた縁談はどこ行ったの？　結局候補者はなし？」

と聞き返したが、

「あれな……。まあ、今日の夜会が終わったら話すよ」

とはぐらかされた。どうも歯切れが悪いが、夜会が終わったら久々に兄と語り明かすのもいいだろう。

「約束ね。じっくり聞かせてもらうからね」

念を押すエディスに、兄の反応は薄かった。


会場に着き、馬車から降りて驚いた。

いつもの夜会だ。いつも通り過ぎる。

あの誕生会のように、特定の年代の者が満ちあふれている訳でもない。自分が参加者の側にいるほかは、何度も裏方で手伝ってきたいつもの夜会と変わらない。どういうことだろう。もっと年頃の令嬢が張り合い、睨みを利かせて殺伐としていると思っていたのに。

戸惑っているうちに、目の前にカーティスが現れた。

「で、殿下、今日は参加必須って……」

襟を飾る二色のダイヤのピンは、どう見てもエディスの装飾品とそろいにしか見えない。

「おまえは必須だ。……よく似合ってるな」

カーティスはエディスの全身をゆっくり眺めて、満足そうに微笑んだ。当然のように兄からカーティスに引き渡され、王子にエスコートされる見慣れない令嬢に会場がざわついていた。

「あ、ありがとうございます。……て、それはともかく、何でここにいるんです？　何で私なんかをエスコートしてるんですか？　アマンダ様は？」

エディスの矢継ぎ早な質問に、カーティスはせっかくの笑顔を消し、いつもの事務対応な顔に戻った。

「アマンダ嬢は先に入っている」

「そうじゃなくて、夜会に婚約者を差し置いて、他の女のエスコートなんかしちゃ駄目でしょう！　何を考えて……」

「今日はやりたいようにやる。おまえの話は聞かない」

妙に頑ななカーティスの様子に違和感を覚えた。この夜会の話が出てからずっとこうだ。エディスの話を聞く気など全くない。だからといって、このままで済ます訳にはいかない。

「いいえ、聞いてください、殿下。私は子爵家の娘で、一介の侍女に過ぎません。殿下がエスコートするような特別な働きもしていません」

カーティスの腕から手を離そうとすると、

「腕を離すな。俺に恥をかかせたいなら別だが」

「そんな……」

「命令だ」

命令と言われて、仕方なくそのまま腕をとって歩き続けるものの、夜会の会場となっている大広間は目の前だ。

「殿下は婚約者がいる身です。夜会で他の女を連れて行くなんて、……ま、まさか、婚約破棄の宣言に私を利用するつもりですか？」

「だとしたらどうする」

とんでもない話をしながらも、周囲には営業用の王子スマイルを見せるカーティス。この顔の時は本心を見せることはない。

「駄目です。こんな公の場で侯爵家を裏切れば、王太子はおろか、下手したら王家から追放になるかもしれません」

「王太子などどうでもいい。追放されても何とかやっていく」

「何とかって……。あんなに頑張ってらしたアマンダ様がどうしてもお気に召さないとしても、こんな夜会の場ではなく、穏便に裏から手を回すとか、他にやりようがあるはずです」

「……」

「どうか、今一度お考え直しください。やけを起こして人生を変えてはいけません。当たり前のように見えて大切なものが、崩してしまえば取り返しのつかないことがこの世には」

「……いい加減気付けよ、この鈍感女」

急に周囲がまぶしくなり、正面に目を向けると、大広間に足を踏み入れていた。

きらびやかなシャンデリアの下、会場にいる人々の視線がカーティスと自分に集まり、エディスはいたたまれなくなった。

玉座のすぐ近くにはジェレミーと、その隣で笑顔で手を振るアマンダがいた。二人は仲良さそうに腕を組んでいて、しかも、アマンダのドレスと同じ淡い紫色のチーフを胸に挿すジェレミーは、こちらも意図的にそろえているように見える。

王の隣にはリディア妃が座っていた。第一王妃の正当なポジションだ。その横に立つメレディス妃は、ずいぶんつまらなそうな顔をしている。

「ほら、私の占いの通りになったでしょう?」

「全く、リディア様にはかないませんわ」

素直に敗北を認めるメレディスに、リディアはからかうように笑った。

「そろそろ第一王妃の座をお譲りしたいのに、まだまだですわね」

そう言われたメレディスは、怒りよりも諦めるような表情を見せた。

「カーティス、エディス、こちらへ」

立ち上がったリディアに促されて、カーティスが王の元へ足を進めた。エディスもカーティスの腕をとったまま、共に進む。

「ジェレミー、アマンダ、こちらへ」

ジェレミーとアマンダも王の元に進み、四人は王の前で跪き、深く頭を下げた。

リディアは並んだ四人を一人一人確認するように眺め、小さく頷くと、宣言した。

「期限の時が来ました。七年前の約束の下、二人の王子の婚約者を決定します。当初、候補者だったマジェリー・ブラッドバーン公爵令嬢は、既に候補から外れたことは皆様ご承知の通りです。そして本日、それぞれ自らが見極めた相手を連れて来ました。カーティスの婚約者はエディス・スタンレー子爵令嬢。そしてジェレミーの婚約者はアマンダ・クライトン侯爵令嬢。これは本日行った私の占術の結果と一致していることを認め、今ここで異議のある者がいないのであれば、これを最終決定とします」

会場から大きな拍手が沸き起こり、とっておきのワインが振る舞われ、突如乾杯の嵐が巻き起こった。

エディスは何が何だかわからないまま、盛り上がる会場で一人ぽかんとしていた。

キツツキにでもなったかのようにあっちから言われる祝いの言葉に頷き、こっちから聞かれる質問に答えもせずただ頷き、公の場にしては取り繕った感のないにこやかな笑顔で挨拶するカーティスの隣に立ち、ただ首を縦に振ることしかできなかった。

エディスの兄アルバートがカーティスに挨拶しても、エディスは目をくりくりさせて、ハトのように首をかしげるばかりで、

「おまえ、大丈夫か？」

と声をかけられても、何の返事もできないでいた。

向かいではジェレミーとアマンダも満面の笑みで来客に挨拶をしている。二人は腕を組むのも慣れた様子だ。

目が合うと、アマンダが笑ってエディスに小さく手を振ってきた。エディスはアマンダがカーティスといる時よりずっと幸せそうにしているのを見て、ようやく今日の最終決定で婚約者が変わったのだと理解できた。

アマンダ様のお相手は、ジェレミー殿下。

カーティス殿下のお相手は、……自分?


一通り挨拶が終わると、エディスはリディア妃に声をかけられ、臣下としての礼をとった。

「驚いたかしら? あなたは七年前の誕生会の発表を聞いていなかったのよね」

エディスは小さく頷いた。あの子供だらけの誕生会での婚約者の発表。誰が王子と婚約しようと自分には関係ないと思っていたエディスは、発表を聞く前に早々に会場を離れ、家に帰っていた。

「この国の王家では、十歳になると婚約者を決めるしきたりがあるの。私は王に命じられ、二人の相手を占い、カードにはカーティスの相手はマジェリー、ジェレミーの相手はアマンダと出ていた。私にはマジェリーがこの国を出ることもわかっていたから、カーティスはそう遠くなく婚約解消し、別の運命に導かれると読んでいたのよ」

先を越された婚約解消。リディア妃の占い通りなら、あの時婚約を解消することになっていたのはカーティスで、願いは早々に叶っていたのだ。

「ところが発表直前にメレディスが急に組み合わせを入れ替えてしまったの。そこで私はこの決定は仮であり、七年後、最終決定をすると宣言したの。そしてメレディスの選んだ組み合わせで最後までうまくいけば、私は王妃を退くと約束したのよ。でもふたを開けてみれば、ほら、ジェレミーにはアマンダ。カーティスには別の運命が。結局私の占いの通りになった。……残念ながら私の引退は叶わず、もうしばらく私が第一王妃を務めることになるわね」

自分に見えた運命の啓示通りに事が動き、納得する結果を得たリディアは、王妃らしい、そして王の占術師らしい威厳を感じさせる笑みを浮かべていた。

しかし、リディアは最後までカードが告げた真の啓示を周囲に語ることはなかった。

第十二章　王妃の占い

第一王妃リディアは王に仕える占術師だ。

各国の王家に招致されるほど占術に優れた家系に生まれ、リディアは一族の中でも稀代の才能をもち、国や王族の危機を幾度となく予言し、回避させてきた。

現王アレクシスが十歳になった時、婚約者としてメレディス・ウォルジー公爵令嬢をあてがうことが検討され、リディアの父は当時の王から占いを求められた。それは、国の安寧にお墨付きを得たいくらいの軽い動機で、余興程度の思惑だったのだが、結果は重いものだった。

　メレディスが国の頂点に立ち、心を荒ぶらせれば、
　この国に大きな災いをもたらす。

別の占い師が占っても結果は芳しくなく、その頃まだ幼かったリディアも占ってみたが、その凶兆は揺らぐことがなかった。

アレクシスの十歳での婚約者決定は、理由を語られることなく延期となった。

リディアはやがて王の占術師として召し上げられた。

リディアの占術の力はもちろん、その人柄を気に入った王子アレクシスはたびたびリディアの元を訪れ、王妃にならないかと口説いていたが、いつもそっけなく断られていた。アレクシスは無理は通さないが、諦めることもなく、二人はそんな関係をそれなりに楽しんでいるように見えた。


病に倒れた王が崩御し、アレクシスが王になった時、リディアに占いを求めた。

「近々ウォルジー家との婚姻を受けなければならなくなるだろう。未来は変わっているか?」

リディアは仰せに従い占った。しかし、

「いいえ、陛下。あの時のままでございます」

それを聞いたアレクシスは、リディアに命じた。

「リディアよ、王妃となり、この国の盾となれ。おまえならできるな」

国を守るのは、王の占い師の使命だ。

メレディスがこの国の最高位につくことを阻み、その心を折り、鎮めること。

王命に従い、リディアはメレディスに先んじて王妃となることを引き受けた。

リディアをとある侯爵家の養女にし、一存で王妃にした時、多くの者が反対した。中でも娘が王妃となることが確実と言われていたウォルジー家の反発は相当なものだった。

リディアが王妃になった一年後、王はメレディスを娶《めと》ることになった。王妃としてのリディアの力不足を指摘され、半ば強引にねじこまれた形となったが、第二王妃という条件を付けられたウォルジー公爵はしぶしぶそれを呑んだ。それはメレディスにとって何よりの屈辱だった。

リディアは自分の占いが外れたら、あるいは誰かが自分の占い以上の成果を出せばいつでも占術師を引退し、王妃をやめて構わないと周囲に公言していたが、リディアの占いが外れることはなかった。リディアを第一王妃の座から引きずり下ろすことはメレディスの悲願だったが、リディアの占術の力は的確で、王の信頼も厚く、メレディスを常に二番手に追いやった。

メレディスは表に立ちたがらないリディアに代わり、常に王のそばに座することで自分の存在をアピールした。リディアはそれを咎めることはなく、自分の苦手分野を補ってくれて助かる、と感謝してみせた。どんなに王のそばにいようとあくまで第一王妃の補佐役。メレディスは屈辱に耐えながらも、周囲から自分こそが王妃と認められるようになり、手ごたえを感じていた。

先に子供を得たのはリディアだった。

生まれたのは王子だった。この国では第一王子が王太子となることが決まっており、王の後継者の誕生に国を挙げて祝賀行事が執り行われ、国民は王子の誕生を喜んだ。

王は第一子カーティスの将来をリディアに占わせた。リディアは幼子の将来は未確定なもの、と一旦は断ったが、王の強い要望に応じた。しかしリディアは手の中のカードを睨むように見つめ、まだ幼過ぎてこの子の行く先がカードに出てこない、と答えた。王はただ頷いた。

やがて、メレディスにも一年遅れで王子が生まれた。

カーティスの時以上に盛大な祝賀行事が行われ、その生誕を国の内外に知らしめた。メレディスの実家ウォルジー家の財力を使い、祝いの品が広く民に振る舞われると人々はそれをありがたく思い、ジェレミーが生まれたことを喜ぶ声が高まっていった。

メレディスは自分の子ジェレミーこそ国民に支持されていると主張し、ジェレミーを王太子にするよう執拗に王に申し入れたが、王はそれを認めなかった。しかし、王子が十八歳になるまで立太子の儀を留保することを宣言した。慣例では五歳で立太子の儀を執り行うことになっているが、五歳では早過ぎる。立太子は学業を修めた後、王子の成長を見極めてからでも遅くないという判断だった。

それはメレディスの妬む気持ちを軽くしたが、野心を燃え立たせた。


二人の王子は誕生日が近く、それぞれの宮で行われていた誕生を祝う祝宴は派閥を明確にし、国を二分しかねなかった。王の命により、カーティスが四歳になってからは二人の王子の誕生日の祝いは合同で行われることになった。

メレディスは二人の王子のためのパーティーを主催することを申し出、王はそれを許した。王は二人の王子にとって平等であることを求め、表面上は二人のための会として運営していたが、パーティーの日程は毎年ジェレミーの誕生日に合わされ、飾りもジェレミーの年にちなんだ数になっていた。

誰もが祝いの言葉を述べるその日は、ジェレミーの誕生日。

悦に入るメレディスに対し、リディアはただ静観しているだけ。カーティスはずっと小さなわだかまりを持っていた。


本来であれば十歳の誕生日に王子の婚約者を決めるのが王家の習わしだが、カーティスが十歳となる年にはメレディスは意図的に準備を行わせず、それを後になって「忘れていた」と答えた。元々メレディスのすることに積極的に反対しないリディアだったが、その頃は第二子クレアの子育てに手を取られ、王妃宮に引きこもることが多くなっていた。それに乗じてあらゆることがメレディスの一存で決められていく中、母を妹に取られた寂しさも重なり、カーティスはより頑なになっていった。


翌年、ジェレミーが十歳になる誕生日に合わせて国中の令嬢を集め、二人の王子の婚約者の発表を行うことになった。

メレディスは去年のことを笑いながら詫び、

「二人のためにとっておきの令嬢を選ぶわ。お任せになって」

と言った。

しかし王は、

「リディアの占いを基に、婚約者を選出せよ」

と命じた。

概ね婚約者の目星をつけていたメレディスは歯噛みしたが、メレディスはまだリディアの占術を超える実績を上げてはおらず、王の命に背く訳にはいかなかった。


カーティスの十一歳の誕生日当日。婚約者を決める誕生会を一週間後に控え、リディアはカーティスを自身の部屋に呼び、占いをした。

カーティスにとってリディアはいつも朗らかで明るい母だが、占いをする時は別人だった。見えない世界を見通す目は青白く光り、体全体がほのかに輝いて見えた。傍にいるだけで圧倒され、声をかけることもためらわれる。

やがて張り詰めていた緊張感が緩やかに解けていき、広げていたカードの示す意味をカーティスに告げた。

「カーティス、あなたに運命の種が近づいています。その種は、タンポポの種のようにふわふわと宙を舞い、どこに留まるか定かでないながら、一度根付けばあなたのそばにいて、あなたの救いとなるでしょう。その言の葉は時に棘を持ちますが、その言の葉に秘められる警告の棘を無視すれば、この国の行く末をも危うくする」

カーティスを見るリディアの目は鋭く、甘えやごまかしを許さない気概をにじませていた。

「その種から咲く花をあなたが手に入れられるか、それは今はわかりません。次の誕生会であなたには婚約者が決まりますが、あなたはそれを嫌がっている。それならば、うまく逃げ切ったならあなたの婚約発表は控えることを約束しましょう。ですが、それは祝いの席を損なう行為であることを覚悟しなければなりません。あなたへの批判は嵐となり、荒ぶる風に種は遠く飛ばされ、あなたの大地に根付くことはないでしょう」


カーティスは母の占いの力がどれほどのものか理解していたつもりだったが、自分のこととなると受け止め難かった。訳もわからない「運命の種」などと言われても胡散《うさん》臭く、それが根付かないことくらい大したことではないとしか思えなかった。

第一王子として生まれ、周囲は自分を国を継ぐ者として扱う。

しかし母であるリディアは自分の地位にも子供の地位にも関心はない。

もう一人の王妃メレディスは第一王妃の座を狙い続け、執拗に自分の子供であるジェレミーを王位につけようと画策し、それに賛同する者も多い。そして見せしめのように、何かあるごとにカーティスをジェレミーより格下に扱いたがる。

誕生日のパーティーの日程も、十歳が慣例の婚約者選定もジェレミーに合わせ、それがおまえはついでだと言われているようでカーティスは不愉快だった。だから、ささやかな抵抗ながら、婚約者を選ぶパーティーから逃げることにした。

ジェレミーの誕生日だ。ジェレミーだけを祝い、ジェレミーだけ婚約者を決めればいい。そう思っていた。

あの時、エディスに会うまでは。


庭園の奥にあるガゼボの陰に隠れ、カーティスはただ会が終わるのを待っていた。

そのそばに近づいてきたのは、パーティーに退屈し、人気のない場所で時間を潰している気楽な令嬢。着ているのは古びたドレスを直したもので、王城のパーティーに参加することなど滅多にないのだろう。それでも呼ばれればこうした会に出向き、王家と縁をつなぐ機会を狙っている。親がいない会場では、子供達はいつも以上に本来の姿を見せていた。この令嬢もまたすぐに本性を現すだろう。

ふと目と目が合い、すり寄って来るかと思えば、そこに人などいないそぶりを見せた。隠れていることを悟り、見逃してくれるのか。

「おまえも王子を見に来たのか」

どんな反応をするのか見てやろうと思った。恐らく下位貴族の令嬢、それも大して裕福でもない、今まで目通りしたこともない家の者だろう。王子に名を覚えられ、うまくいけば友達になり、あわよくば婚約者に選ばれたなら、とでも思っているに違いない。

しかし、その口から出てきたのは、王家への関心の薄さ。このパーティーに興味などなく、王族の周囲にいる者達を「たかる」と表現し、この婚約決定を「出来試合」と見抜いていた。

中央の大きなケーキを見て驚くよりも村人へのパンを思い、王子に向かって周りに感謝しろと説教をする。そして何より、

お誕生日、おめでとうございます、殿下。

……と言っても、先週でしたっけね、殿下のお誕生日は。

日程を弟に合わせたからって、拗ねてちゃだめですよ。


自分の誕生日を知っていた。逃げていた一番の理由を「拗ねている」と言われて、しっくりきた。

そうだ、自分は拗ねていたのだ。

ついでの誕生日など誰も関心がないことに。会場からいなくなっても誕生会が成り立つほどに、周囲から認められていない自分に。自分の価値は第一王子、先に生まれたということ以外何もないことに。

あなたへの批判は嵐となり、

荒ぶる風に種は遠く飛ばされ、
あなたの大地に根付くことはないでしょう

母の占いの言葉が、今この場で聞いているかのように甦ってきた。

この子が「運命の種」だ。そう思った。

決して裕福ではない子爵家の令嬢。スタンレー領が水害から多くの借金を抱えていることは有名だった。下手すれば好色爺に目を付けられ、借金の肩代わりを条件に無理な婚姻を結ばされるかもしれない。

ここを出て会場に行けば、自分には婚約者があてがわれてしまう。母が占いで決め、弟のついでに選ばれた婚約者が。しかし、
そばに根付かせることが、できるだろうか。

カーティスは覚悟を決め、運命の種の手を引いてパーティー会場へ向かった。

ずっとカーティスを探していた侍従達が安堵の表情を見せ、リディアはカーティスに挨拶をして去って行った令嬢を見て、確信を持った目で微笑んでいた。

婚約者発表を前に、メレディスは封筒に入れられていたリディアの占いの結果を見た。選ばれた候補者は自分の選択と同じだったが、組み合わせが違っていた。

メレディスは結果を書いた紙を用意していたものに差し替えた。

自分の息子ジェレミーに、占いで出た侯爵令嬢アマンダではなく、カーティスの相手となるはずの公爵令嬢マジェリーを。

そして、そのまま相手を入れ替え、カーティスにはアマンダを。

差し替えるところを背後で見ていたリディアに気が付き、メレディスは小さく悲鳴をあげた。

「あなたの選択が正しいと、そう信じるのね？　メレディス」

公爵家出身の自分を敬称もつけずに呼ぶ。それは第一王妃だからこそ許された「特権」だ。初めて会った時からずっとリディアからは呼び捨てにされていた。

下賤な占術の家系の女。地位も、名誉も、財も、何一つ負けていない。それなのにメレディスはこの女に勝てたと思えたことがない。

リディアはメレディスをまっすぐ見つめ、口元に笑みを浮かべていた。

「いいでしょう。あなたの好きにするといいわ。そうね、今回の婚約は仮のものとしましょう。あの子達の婚約の最終決定は七年後にしましょうか。七年後、あなたの選択が正しいなら、私は第一王妃の地位をあなたに譲りましょう。あなたの将来を見る目がこの私の占いよりも優れているというのなら、喜んで」

そう言うと、自分の占いを勝手に変更したことを少しも非難することなく、その場を去った。

その日、会場で婚約者を発表したのはメレディスだった。手にしていたのはリディアがよく占いの結果を書き込む紙と同じだったが、リディアが触れもしなかったことで、それがリディアの出した結論ではないことは明白だった。

メレディスが発表を終えると、リディアはゆっくりと立ち上がり、第一王妃の名のもと、王と来賓の前で宣言した。

「この婚約は暫定であり、七年後に最終決定します。四人が自らのパートナーを見極め、信じ、慈しみ、共にこの国のために生きる覚悟を持つことを願います」

王はメレディスの謀《はかりごと》を察しながらも、何も言わなかった。

妻にして王妃、類稀なる占術師リディアが許した変更。悲惨な結果を招くなら、許すはずがない。

その目に映る未来は果たしてどのような世界なのか、王は共に見守っていくことを選んだ。

そして運命は巡り始める。

カーティスは婚約を受け入れ、頃合いを測ってここ一、二年続いた水害の復興に対する土木事業への助成を父王に提案したところ、この提案に対する評価は高く、すんなりと受け入れられた。父王の命に逆らい、婚約から逃げていたなら進言など聞いてはもらえなかっただろう。

すぐに数件の申し込みがあり、その中にはスタンレー家の事業も含まれていた。

助成金の審査に訪れた役人は領の経営状況を確認し、債務の調査も行った。利息の支払いで精一杯だったスタンレー家だったが、役人がその数字に疑問を抱き、再計算すると既に借金の十分の一を返済していることが判明した。不適切な債権者は罰を受けない代わりに正当な額で債権を手放し、別の者が債権を引き継いだ。その後助成金も無事交付されて、スタンレー家は破産を免れた。

助成金の結果を待たず、王城の侍女募集にエディスが申し込んできた。家柄も面接結果も問題なく採用となった。

普段は使用人に関して口出ししないリディアが、娘のクレアのために若い侍女が欲しいと最年少だったエディスを自身の宮に希望し、第一王妃宮に配属になった。

見習い期間が終わり、正式に侍女として雇用されると、カーティスは自分の侍女にしたいと母に願い出、すんなりと認められた。しかし、エディスはカーティスを婚約者がいる主人として見ていた。カーティスは初めて会った時からずっとエディスのことが気に入っていたが、それを口にすることが二人の関係を崩してしまうのは明らかだった。

いつでも一番に扱っているのに、侍女として一線を引き、間違いを起こすことなどあり得ない気構えを見せつけてくる。更には自分の婚約者となっているアマンダとの関係がうまくいくよう気を配られ、それが自分に気がないことを示されているようで腹立たしくて仕方なかった。何とかしてアマンダとの婚約を解消することばかり考えていた。婚約さえなくなれば、自分の想いを伝えることができるのに。

しかしエディスがカーティスに向ける言葉は、無茶を通そうとする自分への警告のようだった。言葉はきつくても、いつもカーティスのことを考え、正しい道へと導こうとしている。言うことは正論だが、表現が時々おかしく、それが面白くてついからかってしまう。そのくせ、芯を突いた答えにはっとさせられることがあった。


メレディス妃への当てつけから、あえて自分が王になり、ジェレミーを追いやろうと考えたこともあった。逆にやけくそになり、王になどなるものか、地位も身分もすべて捨ててしまえと思うこともあった。それを、エディスは自分が王になろうとジェレミーが王になろうと「大差ない」と言った。その言葉に納得してしまった。

王になりたいか。そう問われれば、どっちでもよかった。

先に生まれたからといって王になる必要などない。当てつけのために王になるなんてバカらしい。王は恨みを晴らすためになるものじゃない。ジェレミーに王に向かないほど難がある訳ではない。そしてそれはカーティスも同じだ。どちらでもいい。それならなりたい者がなればいい。それだけだ。

しかし、王にならないなら、王のスペアにならなければいけない。それはエディスに言われた通り、逃げることのできない自分の宿命だ。

それならば、王のスペアとして生きるとはどういうことか、考えてみた。

王が正しくあり、健康であるなら不要な存在。王が道を間違えた時に止める力さえ持っていればいい。王より自由で、やりたいことをやり、油断するなら時々王に揺さぶりをかけてやればいい。常に誰かが守りにつき、人を動かすことはできても自ら動けないような者にどうしてなりたいだろう。自分はやりたいようにやる。動きたい時に動き、追いかけたいものを追いかけ、守りたいものを守る。王のスペアだろうと自分は自分だ。

そう思えたのは、毎年自分の誕生日を自分のために祝ってくれる人がいたからだ。

何かのついでではなく、誰かのスペアでもなく、自分を自分として見てくれる人。自分を思ってくれる人。その存在がカーティスには必要で、それはすでに自分の足元に芽生え、根を伸ばしていた。

それなら運命の種から咲く花を手に入れることを考えよう。

カーティスは自分の婚約を解消する方法を模索する一方で、エディスに近寄る男を追い払っていった。

王城に勤める者は察しのいい者が多かったが、中には世情に疎い者や勇気ある新人もいた。しかし気の利いた先輩の忠告かカーティス自身の圧力でエディスが王子のお気に入りだと気付かされると、手を引かない者はいなかった。やがて王城内にエディスに恋愛目的で声をかける者はいなくなった。

スタンレー家にエディスへの縁談が持ち込まれていることを知り、エディスの兄アルバートに探りを入れると、エディスと違いアルバートは二人の王子の婚約事情をそれなりに把握していた。

カーティスがエディスへの想いを打ち明けると、アルバートは王子の婚約の最終決定までを条件に、エディスへの縁談を断るよう、父であるスタンレー子爵に働きかけてくれた。

当然、美しく着飾って夜会に参加など絶対にさせなかった。夜会の日は侍女として裏方で参加、一択だ。

カーティスの策略のせいでエディスが自分に魅力がないと自信を失うことになったとしても、カーティスが同情することはなかった。他の男に気を向ける必要などない。エディスは自分のものになるのだから。

第十三章　アマンダの恋

アマンダがカーティス王子の婚約者に選ばれた時、父であるクライトン侯爵は大喜びした。

「このクライトン家から王妃が誕生するぞ！」

これほどまでに父が喜ぶ姿を見たことがなかったアマンダは、自分がすごいことを成し遂げたと思い込んだ。

王妃。国で一番偉い女性。誰もに羨まれ、誰もが傅《かしず》く。自分はそういう人に選ばれたのだ。


「どうせお父上の力でしょう」

「あなたに王妃が務まるかしら」

「せいぜいカーティス殿下に嫌われないよう、お励みになって」

仲の良かったはずの友達が、突然自分に冷たくなった。

「選ばれたアマンダを妬んでいるのよ」

と母が言った。


「さすが王妃に選ばれた方」

「ずっとアマンダ様とお友達になりたかったのです」

さほど仲の良くなかった友達が寄って来るようになった。

「ちょっと褒めれば本気にしてたわ」

「あの程度の子、ちょろいものよ。将来の王妃だもの。仲良くしておいて損はないわ」

表では褒め称えながら、裏で悪口を言っているのを聞いて怖くなった。

「王妃になるならそんなことにひるんでいてはいけないわ。もっと強くなるのよ」

と母が言った。


自分が王妃になるのに、王城で始まった王妃教育は第二王子の婚約者マジェリーも一緒に受けていた。

国で一番偉い女性になるのだ。何でも一番にならなければいけない。それなのに王妃教育ではマジェリーに敵わなかった。理知的な公爵家のお姫様は完璧で、先生はいつもマジェリーを褒め、それが自分を非難しているように聞こえた。

二番手じゃだめ。負けてはいけない。思えば思うほど焦り、結果を出せないのが嫌になり、王妃教育から逃げたくなった。

お茶の時間に出されたお菓子の味がしない。出されたお茶がおいしくない。

不安を王城の侍女に八つ当たりし、侍女は震えて泣き出した。なのに誰も自分を咎めることなく、遠巻きに見ている。気が付けば、自分の侍女さえ話しかけて来なくなった。みんなヒステリックなアマンダを怖がっていた。

婚約者になったカーティス王子とは月に一回お茶会があった。

会う時は念入りに身支度を整え、気合を入れて話をした。自分をわかってもらえるように。自分を気に入ってもらえるように。自分は価値のある人間だと思ってもらえるように。自分は選ばれた人間なのだから。

凛《りん》とした姿で、顔立ちも整い、いつも笑顔で話を聞いてくれるカーティスは理想の王子だった。この人の隣で王妃になる。それが自分の生まれてきた意味なのだと思っていた。

ところが、王立学校に通うようになると、カーティス王子は同じクラスのエイミーという女の子と仲良くなった。エイミーと腕を組み、にこやかに微笑むカーティス王子。

私という婚約者がいるのに、格下の男爵家の令嬢といちゃつくなんて。

王城ではマジェリーに勝てず、学校ではエイミーに負けてしまう。アマンダは自信が持てなくなっていた。家では父母に愛され、自分の言うことは何でも叶った。いつだって自分が一番だった。それなのに……。

初めは気にしていないふりをした。しかし不安が募れば募るほど腹立たしさが増していった。友人の婚約者までエイミーに鼻の下を伸ばしているのを知り、エイミーはひどい女だと気付いてほしくて、お茶会で悪言を繰り返すようになった。

そしてある日のお茶会で、カーティス王子は作り笑いをやめ、離席した。

取り残された部屋は、怖いくらいに静かだった。

カーティス王子に嫌われたら王妃にはなれない。父が期待する王妃に。

どうしたら振り向いてくれるのだろう。このままではエイミーにカーティス王子を取られてしまう。

不安が募って泣いてしまったアマンダに、部屋に残っていた王子の侍女がかけた言葉。

「笑顔です、アマンダ様。百の言葉より、一つの笑顔。お茶会で殿下を独占できる短い時間、殿下が心安らぐように工夫されてはいかがでしょう」

笑顔？　笑っていなかった……？

カーティス王子を独占できる時間。この世にそれを与えられているのは、自分一人。それなのに自分は今までずっと自分のアピールにばかり使っていた。殿下が心安らぐように工夫？　そんなこと、考えもしなかった。

アマンダは言われたことを頭の中で繰り返した。

入れ直してくれたお茶は少し甘くて、ほっとした。

問われるままに学校生活を語っていると、聞いてくれる相槌が心地よかった。

マジェリーと比べられているのがつらかったことを初めて口に出してみた。

今までお茶会で話をしていたのは自分一人。話を聞くことも、聞いてもらう相手のことも心にならなかった。それは独り言と変わらなかった。

「話を聞いてくれてありがとう」

帰る時に、自然とお礼を言っていた。

アマンダは自分が変わらなければいけないことに気が付いた。

それ以降、アマンダはカーティス王子とのお茶会の後、カーティスの侍女エディスとお茶会をするようになった。お茶会には自分の侍女も同席するよう、エディスが誘ってくれた。ヘザーとジェシカはずっとそばにいたのに、自分から命じることはあっても対等に話をしたことなどなかった。

自分の足りないことを教えてほしかった。どうすればいいか迷った時、アドバイスが欲しかった。自分の考えが間違っていないか、他の人の意見も聞いてみたかった。そんな人に近くにいてほしかった。

聞けば、カーティス王子のエイミーへの態度だって、みんなおかしいと思っていた。振り向いてもらうための作戦だって一緒に考えてくれた。

威厳を保ち、使用人とは距離を置くのが主人だと思っていた。母はそうするものだと言っていたけれど、お茶会で話をするうちに、侍女との接し方が変わってきた。侍女はただ世話をしてくれるだけの人じゃない。言葉を交わし、心を交わすことで信頼が生まれ、自分の力になってくれるのだ。

そして、侍女との付き合い方が変わると、友達との付き合い方も変わっていった。侯爵令嬢を見ている人。王子の婚約者を見ている人。そして自分を見てくれる人。自分もまた、今までいかに人を見ていなかったのかを痛感した。

カーティス王子の心を引き寄せたい。
アマンダはエディスからアドバイスされた通り、カーティスを観察するようにした。
少し注意して見れば、カーティスが想いを寄せているのはエイミーではなく、エディスだということに気が付いた。しかし当人であるエディスがそれに気付くことなく、自分を励まし、自分の話を聞いてくれるのが嬉しくもあり、苦しくもあり、どうすればいいか新たな悩みが生まれた。

もう一人の王子、ジェレミーは自分の婚約者になったマジェリーが自分に関心がないことを知っていた。上辺では自分を敬愛し、忠誠を誓うようなことを口にするが、それは決められた言葉を唱えているだけで心がない。自分のことなど家の益となる王子という地位以外関心がないのは明らかだった。冷静で完璧過ぎるマジェリーが魔女のようで、恋心どころか友人になることさえ難しいと思っていた。

そんなマジェリーが、アドレー王国の留学生マリウス王子と出会って恋に落ちた。

婚約者がいようが相手を慕っていることを隠しもせず、笑顔で追いかけ、きっかけを作ってはそばにいようとする。激変したマジェリーを見て、ようやくジェレミーはマジェリーを人として見ることができるようになった。マジェリーとまともに話をするようになったのもこの頃からだ。


アドレー王国からマリウス王子との縁を紡げないか打診が来ていることをマジェリーから聞くと、ジェレミーは迷わずマジェリーの恋を応援する側に回り、自分達の婚約を解消に持っていくことで合意した。

そのためには、今まで一度も逆らったことのない母を説得する必要があった。母が勧める相手であっても自分には向いていないこと、マジェリーを介したアドレー王国とのつながりはこの国にとって有益であること、なによりマジェリーがあれほどまで他の男に心を寄せるのを見せつけられて、今更恋心は抱けないことを語った。しかしにべもなく鼻であしらわれた。

恋心？　そんなもの王族には必要ないわ、と。

ジェレミーは説得を続けたが、自分の力不足を感じ、王やマジェリーの父ブラッドバーン公爵の力を借りることにした。当人同士は婚約解消に異存はない。マジェリーの想いを成就させるために母を説得してほしい。

ブラッドバーン公爵家はアドレー王国と縁が深く、現公爵の母はアドレー王国出身だった。その王家からの申し出であり、しかもそれが愛娘マジェリーの想いを叶えることにもなるなら是が非でも実現したいと考えていた。場合によっては今の婚約を強引に破棄することも検討していたところに、双方合意で婚約解消を進めようとするジェレミーの申し出は願ってもないことだった。

また、ジェレミーの父である王はいつもは母に忠実なジェレミーが積極的に動き、穏便に事を進めようとしているのを見て成長を感じていた。しかもこれがうまくいけば、ブラッドバーン公爵に大きな貸しを作ることにもなるだろう。

二人はメレディスの説得を引き受けた。

王と公爵に説得され、しぶしぶながらメレディスが折れると、ジェレミーは心から感謝し、母に礼を言った。この国で最も格の高い令嬢との婚約解消に礼を言うジェレミーに、何もわかっていない、もったいないと思いながらも、我が子の晴れ晴れとした表情を見ているうちにメレディスもまた仕方がないと諦め、受け入れていた。

ジェレミーとアマンダは同じ学年で同じ講義を受けることもあり、顔を合わせる機会は多かった。婚約者である兄のことで思い悩むアマンダが何となく気になり、声をかけてみた。話してみるとアマンダは明るく、情熱的で、時に饒舌になっては話し過ぎた自分を恥じて赤くなる姿も愛らしく思えた。かつてはわがままを通し、侍女からも敬遠されていたようだが、今のアマンダは人の意見を取り入れ、侍女や級友との関係も悪くない。

やがて兄のことは話題に上がらなくなり、朝の挨拶を交わし、日常の出来事を話すだけでも心がときめいた。

アマンダもまたジェレミーと話しているうちにカーティスを振り向かせたいと思う気持ちがなくなっていった。

男爵令嬢や侍女にうつつを抜かし、自分に向ける笑みは形だけの作られたもので、よく見ると時折白けた顔をしている。そんなカーティスよりも、穏やかで周りを気遣うことができ、正義感が強く、あのエイミーにも毅然とした態度をとっていたジェレミーの方がずっと好ましく、カーティスとのお茶会よりも、たとえ立ち話でもジェレミーと過ごす方が楽しく思えた。

視界にその姿が入ると自ずから笑みが浮かび、自分に気が付き、目と目が合うと心が弾んだ。ただの挨拶でも自分に向けて話しかけられるのが嬉しく、返ってきた言葉に安心する。

アマンダは自分の侍女ジェシカに今の想いを語ってみた。

「お嬢様、それは恋です」

ジェシカはそう断言しながら、決して周りには言わないと約束してくれた。

「想いを叶えるのは難しいでしょうが、ご自身の気持ちを大切になさってください。誰かを好きだと思えることは素敵なことです」

婚約者がいながら別の人に恋心を抱くなんて、きっと責められると思っていた。アマンダは自分の想いを理解してもらえたことが何より嬉しかった。

「でも、無茶はしないでくださいね」

「わかってるわ。このことは秘密ね。エディスにもよ」

「もちろんです。エディスさんはこういうことに厳しそうですものね」

二人は説教するエディスを思い浮かべ、くすっと笑った。


カーティスが気に入っていたエイミーが自主退学した。

その後すぐのお茶会で、アマンダはエディスに下がってもらい、カーティスと二人だけで話をした。

「エイミー様を自主退学に追いやったのは殿下ですね。気にかけていらっしゃったのに、どうして？」

カーティスはいつもの笑みを崩すことなく、

「ちょっと悪ふざけが過ぎたのでね」

と言った。

「それは、……エディスのレポートを盗んだから？」

アマンダの問いに、何を言いたいのか察したカーティスは、その笑みを豹変させた。優しさのかけらもない、あざ笑うような笑み。今までアマンダにそんな表情を見せたことはなかった。

「あれが初犯じゃない。自主退学程度で済ませる気はなかったんだが、学校側の要望を呑まない訳にはいかなかった」

「お調べになっていたの？」

「……いろいろ出て来ただろう？　男関係だけでなく」

アマンダは今までエイミーのことを碌に調べもせず、自分の見たことだけで悪口を言ってきた。感情のままに、怒りだけを込めて。エディスに注意されてからも、ただ悪口を言わなければいい、そう思っていた。しかし違ったのだ。カーティスが求めていたのは中傷しないことではなく、事実を把握する力。アマンダがこの事件の背景を把握したからこそ、今こうして、笑顔でごまかすことなく話をしているのだ。

笑顔の優しい王、その隣にいるだけでいい王妃など、あり得なかった。

「まあ、ジェレミーのようにあの手の女をびしっとはねのける男の方が受けはいいんだろうが……」

珍しく愚痴めいた言葉には、アマンダがジェレミーに魅かれていることがほのめかされていた。しかしそこに責める様子はなかった。

「俺はエイミー嬢を使って婚約を破棄できるか考えていた。悪いが俺はこの婚約を継続する気はない」

自分を俺といい、少し荒い言葉遣いをするカーティスが本心を伝えていることはわかった。アマンダのことを対等に話せる人間として認めてくれたのかもしれない。それならば、

「わかりました」

アマンダは、侯爵令嬢としてとっておきの笑みを見せた。

「ですが、私は王子殿下への恋は続けようと思っています」

その意味を察したカーティスは、

「そうか」

とだけ言って、少し口元を緩めた。アマンダとジェレミーのことは見守るつもりなのだろう。

「……ですが、ジェレミー殿下がエイミー様に注意したこと、エディスも高く評価していましたわよ？」

その言葉にカーティスは一瞬むっとした顔をしたが、すぐに取り繕った。

婚約破棄に備えて育ててきた手札をあっさり手放すほど、カーティスがエディスのことを大切にし、エディスが他の男に向けた好意を気にしているのがおかしくて、アマンダは恋心は失っていたが、以前よりカーティスのことを好ましく思えた。


王妃教育が再開され、第二王妃宮を訪れるようになると、自然とジェレミーと会う機会が増えた。

初めは通りすがりの挨拶から、やがてちょっとお茶でもしようかと誘われ、二人きりにはならない

よう気を配りながら息抜きの時間を楽しんでいた。

アマンダは王妃のための恋をやめ、恋のために王妃と認められる人になることを目指すようになった。

もし、ジェレミーが王になる日が来たとして……。たとえ王になることはなくても、そのそばにいるには王妃に準じた知識が欠かせないはず。

かつてはあれほどつまらなかった王妃教育が、ジェレミーのそばにいることを想い浮かべるだけで学ぶこと全てが自分とジェレミーをつなげてくれるような気がして、やる気が湧いてきた。

比べられる相手もなく、自分のために教えを授けてくれる先生に心から感謝を向け、真摯に取り組む姿に、誰もがアマンダが王妃になることを受け入れるようになっていった。


ジェレミーとアマンダが逢引をしている。

侍女の噂を聞いたメレディスは、初めは眉をひそめていたものの、二人が立場をわきまえながらその想いを育てているのを見て、リディアの占いの力を再認識することになった。

元々リディアの占いではジェレミーとアマンダが婚約する予定だったのだ。それを家格の高さから覆し、マジェリーをジェレミーにあてがったのはメレディス自身だった。そしてそれはなかったことになった。

アマンダの家格は充分であり、マジェリーがいない今、最も王妃にふさわしいと言える。

カーティスとアマンダは上辺だけの関係で、カーティスは自分の侍女にご執心だ。このままカーティスが侍女とスキャンダルでも起こせばいい。そう思う反面、アマンダをジェレミーに引き寄せるには、侍女に負け、婚約を解消された令嬢であってはいけない。

メレディスはどうしたものかと考え、もうしばらく様子を見ることにした。


十歳での婚約決定は仮のもの。七年後に最終決定を受ける。

互いの想いを確認したジェレミーとアマンダは悲恋に酔うようなことはなく、自分達の想いを遂げるべく行動に出た。

ジェレミーはアマンダと共にクライトン侯爵の元を訪れ、王を説得する前に、二人の想いを伝え、仲を認めてほしいと訴えた。

アマンダは父が王妃から遠のく自分に失望するのではないかと思っていた。しかしクライトン侯爵はあっさりと答えを出した。

「反対はしない。だが、説得に失敗したら、その時は潔く運命に従うことも覚悟のうえで動くことだ。……まあ、うまくいくとは思うが」

「王妃でなくても、いいの?」

不安げに聞き返すアマンダに、

「おまえが幸せだと思える方がいいだろう。しかも相手は王子殿下だ。殿下と政略でなく想い合うなど……、全くおまえのすることには驚かされる」

そう言って口元を緩めた父を見て、アマンダは自分が父に愛されていることを実感した。

「ありがとう、お父様」

笑顔を見せながらも今にも泣きそうなアマンダを見て、クライトン侯爵は急に不機嫌になり、

「もうしばらくは嫁に出すつもりはありませんからな。節度のある付き合いをお願いしますよ」

とジェレミーに注文を付けた。それを聞いた二人は、

「はい」

と笑顔で答えた。


ジェレミーとアマンダは婚約者の変更を願い出、王と二人の王妃、それにカーティスも交えて話し合いの場をもった。

いざ話してみると、気抜けするほどに障害はなかった。

カーティスはもちろん、リディアも、メレディスまでも反対することはなく、王は最終決定の日まで二人の心が変わることがなければ、ジェレミーとアマンダが婚約することを認めた。

それは最終決定の一年前の話だった。

しかしこの決定は第一王妃が発表するまで王家以外の者に明かしてはいけないことになっていた。

そのせいで、カーティスは婚約者のいる男であり続けなければいけないのが腹立たしくて仕方がな

かった。

アマンダをけしかけても、ジェレミーのことをエディスにほのめかしもしない。もっと目の前でいちゃつけばいいのに、微妙に関係をごまかし続け、そしてそれを見破れるようなエディスではなかった。

「ずっと私にそっけなくしていた罰です」

そう言って悦に入るアマンダを、カーティスは責めることはできなかった。

第十四章　……我慢？

二人の王子の婚約の最終決定と、婚約者のお披露目も一段落し、カーティスはエディスの手を引いてテラスに出た。

二人きりになり、もう既に婚約者になってしまったエディスに、カーティスはようやく自分の想いを伝えることができた。

「エディス、退路を塞いだ後で悪いが、俺はおまえを手放す気はないからな。俺はずっとおまえのことが好きだった。あの庭園で会った時から、ずっとだ。婚約者なんて余計なもんがいなければ、もっと早く伝えたいと思っていたんだ」

「ずっ……と……？　どうして……、言ってくれなかったの？」

「おまえは俺に婚約者がいる限り、絶対に俺のことを受け入れないだろ？　変に覚悟を決めて俺から離れていくのが、……怖かったんだ」

確かに、その心づもりはあった。自分の想いを抑えきれないなら、予定より早く侍女を辞して王城を出ることだって考えていたところだ。

「大体、おまえが俺のことを好きなのなんか、バレバレなんだよ」

エディスはその決めつけに目を見開き、絶句した。よもや、自分が隠し通していた想いが、当の本人に見透かされているとは……。

「何でおまえはわかんないんだろうな、俺のことも、ジェレミーとアマンダ嬢のことも。少しはおかしいとか、怪しいとか、思うだろ？」

「お、……思わな……かった。でも、……気が付かないように、……してた……だけかも」

エディスの答えに、カーティスの呆れ顔が次第にほころんでいった。

「そんなおまえだから、言えなかったんだよ。……ようやくだ。ようやく手に入れた。自分でもよく我慢したと思うよ。一生分我慢した。……やっと、俺のものになった」

カーティスはエディスを引き寄せると、有無を言わせず唇を重ねた。息もつけないような口づけを受けて、目を潤ませ頬を赤く染めたエディスは、とろけるような熱い視線で自分を見つめるカーティスから少し視線をそらせ、心臓が落ち着くのを待った。しかしこの胸の鼓動はなかなか静まりそうになかった。

ずっと抱いていた背徳感も不要なものだったのかもしれない。エディスは思い切ってカーティスに聞いてみた。

「……初めてのキスも、浮気な気持ちじゃ、なかった……？」

しかし、カーティスは少し気まずそうに目をそらせた。

「……それって、事件の後の、あれ、だよな」

「そう。お礼の、あれ」

「……」

少しの沈黙の後、不安げなエディスを見て、カーティスは正直に白状することにした。

「あれ、……初めてじゃない」

「………。………はい？」

「初めては、王城の図書室でレポートを書いて居眠りしてた時に……。寝顔があんまりかわいかったから、ちょっと」

「なっ、なな……」

「嬉し過ぎて、エイミーを自主退学程度で許してしまったんだよなぁ。我ながら、あの時は浮かれ過ぎてたな。その次は」

聞けばそれだけでなく、公務で出かけた馬車の中で何度か、誘拐され救出された時にもあの場所で、更には王妃宮の客間に運ばれた時も、目が覚めての「お礼」は知ってはいるが、その日の夜も、自分が寝ている間に何度も唇を奪われていたことを聞かされ、次々と暴露される事実にエディスはさっきまでのほんのりと染まっていた頬を真っ赤にして怒りだした。

「どういうことですか！　相手の了承もなく、まだ恋人でもない女にそんなに、何度も、く、く、くちづけしてっ！」

エディスの説教を笑顔で聞きながら、全く悪びれない様子で、

「ほんと、よくキスだけで我慢したよなぁ……」

と自分を褒めるカーティスに、エディスは怒りを抑えられなかった。

「我慢できてないでしょっ！　何だと思ってるんですか！　王子なら何をやってもいいってもんじゃないんです！　もうっ、反省してくださいっ！」

「反省？　する訳がない。相手はおまえだけだし、むしろ目標達成に貢献したのを褒めてもらいたいな」

「？？？　……目標？」

何のことを言っているのかわからず、首をかしげるエディスに、カーティスはにやりと笑いながらこう言った。

「一年以内に、婚約者を見つけられただろ？」

「！」

誰が自分の婚約者がこんな決まり方をするなんて思うだろう。あの頃にはもうこうなることが決まっていたとしたら……。

あの賭けも、出来試合……だった？

「約束通り、婚約破棄は企てない。もう二度と……」

全てがカーティスの目論見通りになっている。悔しいのに、その全てが自分に向けられていることに気が付いて、エディスはもう怒ることもできなくなった。

「エディス。これからもずっと俺のそばで、共に生きてくれるか？」

じっと目を合わせ、穏やかに語りかけるその問いに、エディスはカーティスの胸に額を押し付け、こくりと頷いた。

反撃の言葉をやめ、プロポーズを受け入れたエディスを見て、カーティスはようやくエディスに勝ったと思った。

第十五章　王太子

王子の婚約者となった以上、そのまま侍女を引退させられるかと思いきや、当初の約束通りカーティスが卒業するまでは侍女として勤めることになった。しかしたとえ周りが気を利かせて二人だけになっても、エディスが勤務時間に甘い顔をすることはなかった。

カーティスが甘いひとときを期待して手を伸ばしてもパシッと叩かれ、二人の時は名前で呼ぶように言っても頑なに「殿下」呼び。名前がついても「カーティス殿下」だ。つれないエディスに眉間にしわを寄せながらも、仕事の後は「おやすみ」と頬への口づけは欠かさない。カーティスにとってエディスをそばに置いておけるだけで嬉しく、何より安心できた。

ある日、エディスはカーティスにこう問いかけられた。

「エディス、俺が王に向いていないとすれば、どういうところだと思う？」

卒業を機にカーティスが王太子となる段取りが進んでいる。それはエディスにも伝えられていて、気持ちは定まらないながらも王太子妃になることを覚悟する必要があった。しかし、エディスが王妃教育に呼ばれることはなく、こうして今なお王子の侍女として勤めている身だ。

二人の王子の婚約者問題は落ち着いていても、王位継承問題は継続中だ。そんな中での「王に向いていない」という質問に、エディスは何となくざわめくものを感じた。

「向いていない前提で、ですか？」

「おだてられても意味がない。自分に不足するものは何か、エディスの意見を聞かせてほしい」

エディスは下手なことは言えないと思い悩みながらも、ゆっくりと自分の考えを紡ぎ出した。

「……私は、殿下は王になれる人だと、思っています。意志が強く、決断力があり、この国のことを思い、導いてくださる」

聞いたこととはズレているが、いつになく言葉を選んで答えるエディスに、カーティスは短気を起こすことなく続く言葉を待った。

「ジェレミー殿下もまた正義感が強く、誠実で人の輪を尊重する方です。お二人はどちらが王になられても、特に問題はないと思っています」

「まあ、前にも大差ないって言われたな」

あの頃も今も、エディスの二人への評価は変わっていなかった。その言葉がどれほどカーティスに影響を与えているか、エディスは気付いていない。

「ジェレミー殿下のお相手、アマンダ様は華やかで人目を引き、侯爵令嬢として充分な教育を受け、王妃教育も受けていらっしゃいます。侯爵家の後ろ盾もあり……」

エディスは自身の右手をぎゅっと握りしめ、添えた左手で右手を強く包み込んだ。

「……ジェレミー殿下が王に、アマンダ様が王妃になられた方が、この国には有益かもしれません」

困ったような、少しおびえたような表情で、それでも思ったことを正直に伝えようとしているのを見て、カーティスは、

「そうか」

とだけ答えた。

王だけでなく王妃も考慮するのは妥当ではあるが、遠回しに自分自身を否定するエディスの答えは、カーティスには少し不満だった。

「もし、……殿下が王になれば、私のように子爵家出身で、学校にも行っていない者では王妃として不充分かもしれません。そうなると、王妃を選び直すことになるでしょう」

どうしても自分をハンデだと思ってしまうのか。カーティスは少し眉をひそめたが、

「そうなったら私、殿下をぶん殴ってお別れします。その時既に結婚してたって、離婚します」

「……ん？」

突然の想定外の発言に、カーティスは首をかしげたまま固まった。

「私は心が狭いので、国のためと言われても、殿下が他の人に心を移されるのは我慢できないと思います。『本当は君の方が好きだけど、立場上王妃を立てる必要がある』なんて言われても、嘘くさくて信じられません。第二王妃で居残るくらいなら、とっとと王妃なんてやめちゃいます。……私の話じゃなかったですね。すみません。……でも、王妃の適性が問題になっても、殿下のお考え

一つで何とでもなるかと、……思います」

思っていた展開と違う方向に話が進み、カーティスはついつい湧き上がってくる笑みを必死にこらえた。離婚なんて言葉を使いながら、話している内容は自分一人を想ってほしいという願いであり、嫉妬心まで見せて、カーティスのことを慕う気持ちをにじませている。こんな話題でエディスからそんな言葉を聞けるとは思ってもみなかった。

さらにエディスは続けた。

「殿下は根回しをするのがさほど得意ではなく、人の好き嫌いがはっきりしていて、自分と合わない人はコテンパンにしちゃうところがあります。でもご家族や周りの人を大事にされる方です。国の安寧に王家の和合は欠かせません。ジェレミー殿下やアマンダ様とは、これからも仲良くできると嬉しく思います」

「そうだな」

エディスの話に出てこない、二人の後ろにいる第二王妃。メレディス妃はカーティスが王太子になれば潰しにかかるだろう。売られたケンカは買う気はあるが、自分だけならともかく、エディスまで巻き込まれ、傷つけられるのは我慢ならない。エディスをつらい目に遭わせるのだけは避けたい。

先に生まれたから王太子になるのが当然だと、それがこの国のしきたりだと扱われてきたが、そんなしがらみを断ち切るなら今だとカーティスは思っていた。

「あと、王の誕生日はこの国の祝日となりますが、これまでお誕生パーティーはジェレミー殿下のお誕生日に合わされていたので、殿下が王になったら、国民が殿下の誕生日を間違えるかもしれません。……想像しただけで腹が立ちます。これまでだって殿下はずっと我慢してこられたのに……」

自分のことのように不満を漏らし、怒っているエディスを見て、カーティスは我慢できなくなって、思いっきり吹き出した。

「……ほ、ほんとだな。それは、実に腹立たしいな」

そして勤務中だと怒られることを覚悟で、エディスの手を取り、ゆっくりと引き寄せた。

「俺の誕生日はエディスが祝ってくれればいい。王になって誕生日を間違えた奴らを皆殺しにしていたらきりがない」

「み、皆殺し？？？」

物騒な言葉は本気ではなかったが、エディスを驚かすには充分だった。

「無用な争いはいらない。どっちでも大差ないなら、王になりたい者がなればいい。俺は王のスペアで充分だ。ジェレミーを後ろから見守り、追い立ててやるくらいがいい。おまえを第二王妃にする気なんてないし、おまえ以外の女を娶る気もない。おまえのことに難癖をつけるような奴らは、それこそコテンパンのぼっこぼこだ。別れるなんて言ったら、おまえだって許しはしない」

荒々しい言葉が続くのに、カーティスの声は優しく、エディスを捕らえる腕の中は暖かで安心できた。

「俺が王太子にならないと決めても、……咎めないな？」

エディスはカーティスの腕の中で、ゆっくりと頷いた。

「殿下が、……そう望むなら」


カーティスの誕生日を前に、王はリディア妃、メレディス妃、ジェレミーを呼び出した。

王の部屋を訪れ、王の隣に立つカーティスを見たメレディスは、手にしていた扇を折りそうなほど強く握りしめた。王太子を決める期限は十八歳。間もなくカーティスはその年になり、学校を卒業する。となると話題は立太子のことだろう。あれほどまでに王にジェレミーの立太子を願いながら、未だにいい返事を得られていない。

エディスがカーティスの婚約者に決まっても、メレディスはエディスを王妃教育の場には招かなかった。子爵家の令嬢ごときが王妃になれる訳がない。そのことを知らしめていたのだが、リディアもカーティスも不平を言うことはなかった。城内でエディスとすれ違っても目を合わせることなく礼をするだけ。王妃教育に通うアマンダに声をかけられても、立ち話を終えると「行ってらっしゃいませ」と礼をして見送っていた。エディスは王妃になる気はない。そう思って安心していたのに、興味のないふりをしていただけなのか。

王は最後に入室したリディア妃に着席を促すと、

「今日はまずカーティスから話がある。話が終わるまで発言は控えるように」

と言った。明らかにメレディスを牽制した発言だった。メレディスは歯を食いしばり、カーティスを睨みつけたが、カーティスは動じることはなかった。ジェレミーは母と兄との確執は必至だと想定し、今は客観的であろうと自分に言い聞かせた。

「王には既に申し伝えているところですが」

カーティスはメレディスに向かって意味深な笑みを向けたが、すぐに目をそらせた。

「私は王太子となることを辞退します」

メレディスは聞こえた言葉の意味がわからなかった。今、何と言った？　聞き間違いなのか？

「卒業後は北域の領地を賜り、臣籍に下る予定です。ただし、王位継承権は放棄しません。もしジェレミーが碌にこの国を治めることもできないような愚鈍な王になるなら、私利私欲に走る横暴な王になるなら、いつでも奪い返すつもりで背後に立つ。それを自分の使命として、この国を見守っていくことにしました」

ジェレミーは、自分に向けて語る兄の言葉に、手を固く握りしめていた。

話し合うような機会などなかった。兄弟でありながら他人よりもよそよそしく、それでもいつかは対峙しなければいけない相手だと思っていた。だが一度も直接争ったことはなく、ジェレミーが敵対心を持たないうちに敵はいなくなろうとしている。

続いてメレディスに向けられる目。幼い頃は目の敵にし、散々屈辱を味わわせてきた相手だが、ここ数年はお互い距離を置いていた。その相手が、今、怯むことなく目を合わせてくる。

「メレディス様。私はジェレミーにこの国を任せる気はあるが、あなたに任せるつもりはない。もしあなたがジェレミーを傀儡《かいらい》にし、国を動かすようなことがあれば、その時はあなたとジェレミーを弑《しい》することも躊躇しない」

「カーティス」

過激な発言に心配した父王が声をかけたが、カーティスは引かなかった。

「私はこの国の番人になる覚悟だ。背後にこんな番人を置いても王になるつもりがあるなら、覚悟をもって王になるといい」

ジェレミーは立ち上がり、カーティスと王に向けて深く礼をした。

「兄上の覚悟、しかと承りました」

これから王になろうとする我が子が、カーティスに頭を下げた。メレディスにとって衝撃ではあったが、それは屈辱ではない。弟に道を譲る兄への敬意だ。奪い合うはずの王位を譲り、何の争いもなく事を収めた兄への。

「もう一つ。今後、エディスに無用な手出しのないように願います。私が王太子を辞することを決めたのはエディスの助言があったからです。ジェレミー、アマンダ嬢と仲良くありたい、エディスはそう願っています。その意味するところの真意を悟り、私もまたそうあるべきだと思えるように

なりました。もしエディスに危害を加えるような者があれば、私は全力で排除する。このことを覚えておいてください」

カーティスは、メレディスを見ていた。

メレディスはくっとかすかに笑い声を漏らした。

女のために王位を譲る。何と愚かな男だろう。

しかし、自分が王妃教育を受けさせてやるものかと思っていた相手は、はなから受ける気などなかった。自分一人が躍起になり、敵になろうともしていない者に敵対し、道を譲ろうとする者を突き飛ばそうとしていた。もしそうしていたなら、この場は実現していなかっただろう。

真に愚かなのは、どっちだ。

メレディスはカーティスを睨み返すと、すぐに王に向かい、跪いて礼をした。

「王よ。我が息子、ジェレミーが王太子となった暁には、王と王太子により一層の忠誠を誓い、私利私欲を捨て、この国のために尽くすことを約束します」

王はその言葉を受け、メレディスとジェレミーに向かい今一度命じた。

「ジェレミーが王太子になろうと、第一王妃とその子供達に敬意をもって接するように。これはこの国の安寧を願った勇退であることをゆめゆめ忘れるな」

メレディスはそれに応じるため、誓いを立てた。

「リディア様が第一王妃であることはゆるぎなく、常に敬意を忘れることはありません。その証として、リディア様に何があろうと私は第一王妃を名乗ることはないことを、ここに誓います」

メレディスの誓いに、リディアは頷いた。そこに笑みはなかった。

メレディスとジェレミーはそろって深々と礼をし、リディアとカーティスもまた王に礼を向けた。


メレディスは足早に部屋を出ると、すぐに父であるウォルジー公爵の元に使いをやった。

「お父様に、クライトン侯爵の提案を後押しするよう伝えて。ええそうよ、先日の賜爵の件よ。王家に相応しい相手に仕立てて、あの二人をとっとと城から追い出すのよ！」

あんな男に借りを作ってたまるものか。

メレディスは自らの望み通りになり、喜ぶべき結末にも、何とも言えない敗北感を味わっていた。

誕生日　カーティス十八歳

エディスがカーティスの婚約者になって初めての誕生日。

王と第一王妃の家族がそろう中、エディスはカーティスが一緒に席につくよう勧めても断り、相変わらず侍女としてクレアの後ろに控えていた。

和やかに食事が進む中、クレアが突然、

「私、おにいさまとエディスの結婚に反対するわ」

と言って食卓に両手をついて立ち上がり、はずみでフォークが床に落ちた。

「クレア、はしたないわ」

リディア妃がたしなめても席につこうとはせず、

「だって、おにいさまとエディスがお城からいなくなったら嫌だもの」

と言って、カーティスを睨むような目で見ていた。誰かから二人が結婚すると城を出ていくことを聞いたようだ。どう説得しようかとカーティスが考えていると、エディスが新しいフォークをクレアの手元に置きながら、何の躊躇もなく、

「わかりました。クレア様のおっしゃる通りにしましょう」

と言った。

カーティスは目を見開いて動きを止め、手にしていたフォークが手から滑り落ちた。わかりやすいほどの動揺を見て、王もリディア妃も驚いた。

「ほんと？　じゃ、ずっと一緒ね」

エディスは機嫌を良くしたクレアの椅子を引き、席に座らせた。

「殿下は私の代わりが来るまでお城にいてくれますよ。ですが私はもう侍女をやめることが決まってますので、お暇《いとま》させていただきます」

「えーーーっ、つまんない！　エディスにもいてほしいのに」

クレアは頬を膨らませてみせた。しかし、

「残念ながら、それはできません。殿下との婚約が解消になったら、私はお城を出て次のお相手を探さないといけませんから」

エディスは明らかに落胆を深めたカーティスを気にも留めず、淡々とクレアに告げた。

「じゃあ、次のお相手の方と一緒に遊びに来てくれる？」

「お相手が貴族の方でしたら、夜会のお呼びがかかれば伺うこともあるかと。……ですが残念ですね」

ふう、とわざとらしい溜め息と共に、エディスは少し遠くを見た。

「クレア様が妹になったら素敵だと思っていたのですが……」

「いもうと？？？」

クレアはきょろきょろと目を動かし、母を見ると、リディア妃はにっこりと笑い、頷いた。

「私と殿下が結婚すれば、クレア様は私の妹になります。……でも、クレア様が反対されているのですから無理ですね」

それを聞いて、クレアは息を呑んだ。

「新しいお相手の方の妹が意地悪だったら、どうしましょう。『エディス、おまえは家で働いていなさい。夜会へは私が行ってくるわ。私が王女様とお友達になるのよ』」

「ダメよ、そんな意地悪、許さないわ！」

声を低くして悪役になるエディスと、本気で怒っているクレアを見て、王でさえこみ上げてくる笑いを止められなかった。

「……時々でいいの、会いに来て」

クレアが泣きそうになっても、エディスは変わることなく淡々と答えた。

「侍女をやめて城を出れば、私のような者が城に出向くことなど許されません。ましてや王女であるクレア様にお会いするなどあり得ないことです」

クレアもわかっていない訳ではなかった。侍女をやめた者の多くは再び城を訪れることはない。気軽に来られる場所ではないのだ。年に数回しかない夜会でさえ、招かれるのは一部の貴族だけ。

しかし、ふとひらめいた。

「……おにいさまと一緒にならら、お城に来られる？」

軽く頷いたエディスは、少し口元を緩ませていた。

「ここは殿下の『おうち』ですから」

「それなら、……おにいさまと結婚してもいいわ。お城を出ても会いに来てね」

「はい」

こくりと頷き、大事な妹となる王女のかわいい甘えに、エディスは嬉しさを募らせながらも、

「ですが、お城を出るのはまだ日程も決まっていない先のことですよ」

と答えた。


食後にはカスタードパイが用意され、それはクレアの好物だった。

エディスはクレアの目の前に運びながらも、食卓に置く寸前でぴたりと手を止め、

「あ、お行儀の悪かったクレア様は、パイはなしでしょうか」

と言って皿を持ち上げた。

「だめ！　おにいさま、エディスが意地悪を言うわ」

エディスを叱ってほしそうにカーティスを見るクレアに、カーティスは、

「おまえも充分意地悪を言っていたぞ」

と、笑いながら返した。

カーティスが部屋に戻ると、メモが置かれていた。

少し遅くなるかもしれませんが、後ほどお伺いします

まだエディスから今年の誕生日の祝いはもらっていなかった。このメモにも、誕生日のことは書いていない。何か直接届けに来るつもりなのだろうか。

まさか「誕生日プレゼントは私」的なことをするようなエディスではないだろうとは思いつつ、ついよからぬ妄想を交えながら待っていると、ほどなくエディスが部屋を訪れた。

エディスは侍女のお仕着せのままだった。

「お誕生日、……おめでとうございます」

「ああ、ありがとう」

年に一度の祝いの言葉。文字だけでも嬉しいが、目の前で言われ、音として耳に届く言葉はもっと嬉しい。

しかしいつものエディスらしくなく、何やらもじもじしている。何か言いたげなのでそのまま

待っていると、

「誕生日のプレゼントと言っては何ですが、……あの、……以前からご希望の通り、……仕事が終わって二人だけの時は、な、名前でお呼びしようと、思います」

そう言えば、ずっと名前で呼んでほしいと言っているのに、エディスは未だに自分のことを殿下と呼んでいる。

なるほど。初めての名前呼びが誕生日からなら、ずっと記憶に残るだろう。カーティスは呼びかけられるのを待っていた。しかし、エディスは緊張しているのか、照れているのか、何度か口を開きながらもなかなか声が出ない。

カーティスはエディスに近寄ると、前かがみになって視線を合わせた。

「名前で呼んでくれるんだろう?」

半ば挑発するような笑みを見せるカーティスに、エディスはごくりと唾を飲み込み、思い切ってその名を口にした。

「か、……カーティス殿下」

「殿下はいらない。もう一度」

「…………か……、カーティシュ、……うっ」

あの懐かしい誕生パーティーの時と同じ、舌足らずなエディス。真っ赤になって顔を背けたエディスの姿があまりにかわいく、カーティスはエディスが悔しそうな顔をしているのを面白がって、

わざと背ける顔を覗き込むと、

「『カーティシュ　デ　ゴジャイマシュ』って言ってみろ」

と挑発した。エディスはツンと顔を背けたまま、

「言いません」

と即答した。

「『私の婚約者はカーティシュでしゅ』なら？」

「言いませんから！」

「カーティシュ」

「カーティス！」

「カーティシュ」

「カーティス‼」

「エディス」

突然自分の名前を呼ばれたエディスが、びっくりしてカーティスと目を合わせると、

「言えてるじゃないか」

カーティスは嬉しそうににやけた笑みを浮かべながら、上手に言えたご褒美に頬に軽く口づけをした。

「じゃ、これからは二人の時はカーティスで」

名前で呼ぶ、それだけの誕生日プレゼントに満足しているカーティスに、

「あ、あの、……カーティス」

エディスはもう一度名を呼ぶと、背伸びをして頬に口づけを返した。

頬だろうと、ちょっと触れてすぐに離れようと、エディスから口づけを受けたのはこれが初めてだった。驚くほど嬉しく、それなのに少し照れ臭いのもあって、

「頬だけ?」

と茶化してみたつもりだったが、少し目を泳がせながらも意を決したエディスは強めに目を閉じて、カーティスに唇を寄せた。近づいてくる顔、触れる先が顎になりそうで、カーティスは少し顔を傾けてエディスの唇を待ち受けた。

そっと唇が触れ、すぐに離れるだろうと思っていたのに、いち、……にぃ、……さん、と数えても触れたままだった。絶妙な緩さがかえって心を高ぶらせ、このままもっと強く、と思う気持ちをぐっと我慢し、最後までエディスに任せた。やがてゆっくりと離れながら瞳が開き、カーティスと目が合ったとたん顔を赤らめてうつむいた。

誕生日って、すごいな、とカーティスは思った。

一年に一度の特別な日だと思ってはいたが、特別さが違う。

自分の思い切りにまだ照れを残し、恥ずかしそうにしているエディスを見つめ、確かにエディスが自分を想ってくれていることを実感したカーティスは、迷うことなくエディスを自分の腕の中に包み込み、頬を重ねて強く抱きしめた。

「思いがけない誕生祝いだ。……ありがとう」

エディスのリードの余韻に浸りながら、ますます愛しさが募ったが、足りない気持ちはまた後日改めて、エディスに任せていたのでは決して至ることのない、触れるだけではない口づけでエディスを翻弄することにした。

このままいけば、来年には「プレゼントは私」も期待できそうに思えたが、一年も先になるのかと思うととんでもなく遠い未来のように感じた。


その年、エディスの誕生日にカーティスはエディスの部屋まで直接花を持って行った。

誕生日を祝う言葉と一緒に花を渡すと、

「お花くれてたの、カーティスだったのね」

と言われ、カーティスは少なからずショックを受けた。

「みんな誕生日には支給されてるのだと……」

「そうきたか……」

まさか、城で働く者へのねぎらい、福利厚生の一環だと思われていたとは。

大きく溜め息をつくカーティスを見て、エディスはあまりに鈍い自分を反省した。

「……そうよね。新聞をあげた年は新聞紙で包んであったし、カードに花びらを仕込んだ年は同じ花をくれたし……」

そこまで気が付いていて、どうして特別なものと思わないのか、カーティスにはむしろそっちの方が信じられなかった。

しかし、

「毎年楽しみだったの。私の誕生日を覚えていてくれるのが嬉しくて」

そう言って花を見つめながら微笑むエディス。その思いは、自分と変わらなかった。

「これからも毎年贈るよ。これからはできる限り自分の手で渡すようにする」

早くも用意されていた花瓶に生けられた花は、待ち望むエディスの思いを映していた。

第十六章　傾国の王

カーティスが卒業した年、立太子の儀は執り行われなかった。疑問に思い問いかける者には、ただ予定はないとだけ伝えられた。

エディスは今度こそ侍女をやめるはずが、第一王妃宮の侍女が二人も退職することになり、リディア妃に頼まれ、やむを得ずもうしばらく侍女を続けることになった。

たまたまの欠員ではあったが、結婚するまでの間もエディスをリディアやカーティスの目の届く所に置き、守りを固める意図もあった。エディスがそれに気付くことはなく、毎日真面目に仕事に励み、第一王妃宮に勤める者達は申し訳ないと思いつつも大いに助かっていた。

第一王妃宮では執事がするような仕事もいくつか引き受けていて、王立学校には行けなかったが、エディスはカーティスの妻となってからも役立つ多くのことを王城で身につけていた。

この年、スタンレー家はようやく借金を完済した。

橋の幅を広げたことでオンシーズンでも渋滞はなく、移動もスムーズになり、避暑地に向かう貴族はかつて以上にスタンレー領を通る街道を使うようになった。新しい橋は景観も優れていて、わざわざ橋を見に来る者もいた。街道沿いの店や宿も繁盛し、街は潤い、クライトン侯爵からの援助も辞退できるようになった。

領地復興の手腕を認められ、クライトン侯爵の推薦を受けてスタンレー子爵は水害以降収益の上がらない隣の領を世話することになった。自分の経験が誰かの役に立つなら、とスタンレー子爵は軽い気持ちで引き受けたが、気が付けば助言者ではなく自領に併合される話になっており、王城に呼び出され、領地を拝領すると共に伯爵の称号を授かった。伯爵への推薦はクライトン侯爵だけでなく、ウォルジー公爵の後押しもあった。

領の経営は順調で、新しい領地の治水対策を進めながら、不測の事態に備えた貯蓄もできるようになった。

カーティスの卒業から一年後、ジェレミーの卒業に合わせて立太子の儀が執り行われ、ジェレミーが王太子となった。それは王の宣言した通り、王子であるジェレミーが十八歳の時だった。

メレディスは憑き物が落ちたように第一王妃の座に執着するのをやめた。リディアの代わりに国政に携わるのは相変わらずだったが、家族を第一の敵とみなすことはなくなり、ジェレミーの継ぐこの国の益を考え、これまで以上に国内外の政敵との駆け引きに手腕を見せるようになった。

カーティスは自分が王太子とならなかった様々な噂を全く気にかけることなく、何の反論もしなかった。そして王から王家直轄地を譲り受けて公爵位を授かると、スタンレー伯爵令嬢エディスを妻に迎え、王城を離れた。

騎士団は王太子の所管だったが、ジェレミーは自身が剣を得意としないこともあり、名誉職と心得てあえて距離を置いていた。有事には王の命でカーティスが騎士団を率いることもあり、直属の王太子以上にカーティスの意見を求められることが多かった。

やがてジェレミーが王になると、カーティスを騎士団の最高統括者に任命し、外交は王であるジェレミーが、守りはカーティスが担うようになった。

カーティスのことを王のスペアではなく、影の王として畏敬の念を抱く者も少なくなかった。中にはカーティスに王となることを勧める者もいたが、そんな時、カーティスは自分の誕生日はいつか知ってるかと尋ね、相手が言い淀むと、答えられない国民が皆殺しになってもいいなら、と一笑に付し、王との和合を崩すことはなかった。

リディアが決して語ることがなかった、カーティスの運命の啓示。

それは「傾国の王」。

カーティスが王となれば、兄弟間で争いが起こり、国は二つに割れる。

カーティスが王位継承者から追いやられれば、やがて王を弑する。

どちらであろうと国は乱れ、衰える。

国を守る唯一の方法、それはカーティスが自ら進んで王位を辞し、王を支えること。それには何かもわからぬ「運命の種」を手に入れることが不可欠だった。

メレディスとカーティス。二つの傾国の予兆を前に、リディアは事の深刻さにいつになく考え込んだ。

メレディスを抑えるのは自分の役割。しかしカーティスを救えるのは自分ではない。自分がカーティスをかばい、心を揺さぶられて行動を起こせばメレディスは助長し、隙をついて第一王妃の座を奪おうとするだろう。メレディスの行動に一喜一憂することなく、揺るがない第一王妃でいること。たとえカーティスにつらい思いをさせることになろうとも、リディアは徹底してメレディスに動じない自分を作り上げ、カーティスの救いが現れるのを待った。

カーティスが十一歳の誕生日、ずっと待ち望んでいたそれがようやく占術に現れた。

カーティスを支え、信じ、いたわる心を持つ者。

カーティスが愛し、王位と引き換えにしても守り抜きたいと願う存在。

それこそが、カーティスを、この国を救う「運命の種」。

カーティスはそれを手に入れるのか、それとも風に飛ばされ、次のめぐり逢いを待つのか、全てはカーティス次第。しかしリディアの心配をよそに、カーティスは自らの力で「運命の種」を見い出し、その手を取った。

その種が芽吹き、花を咲かせ、実を結ぼうと、リディアはこの啓示を生涯にわたり決して口外することはなかった。

その後もルーベニア王国は世襲問題に揺るがされることなく、母は違えど王の兄弟仲は悪くなく、互いを認め、それぞれがこの国のために尽くし、平穏な治世が続いた。

第××章　種なき世界

リディアは王の命により自分の子カーティスを占って以降、何度も夢を見た。
それは少しずつ違うところはあれど、結末は必ず同じだった。

ルーベニア王国の第一王妃は自分ではない誰か。王の愛を受けた、さほど身分の高くない貴族の娘。王と王妃は互いを想い合い、その愛を貫いて結婚した。

しかし、権力を求める者は力ない王妃を許さなかった。一年後、ウォルジー公爵令嬢メレディスが第二王妃として嫁することになった。メレディスは自身が二番目として扱われることが気に入らず、常に第一王妃を敵視していた。

間もなく第一王妃が懐妊した。生まれたのは男の子で、第一王子カーティスは、王太子となることが生まれながらに決まっていた。国中が王の世継ぎが生まれたことを祝福した。

その一年後、第二王妃メレディスにも子供ができた。こちらも生まれたのは男の子だった。

第一王妃の座を狙っているメレディスが、我が子ジェレミーが王位につくことを狙わないわけがなかった。

誕生の祝賀はカーティスの時以上に豪華で、国中に金をばらまき、ジェレミーの生誕を人々が喜び、祝うよう入念に取り計らった。そしてそれを民の意思だとして、ジェレミーこそ王太子になるべきだと主張した。しかし、王はそれを認めなかった。

あまりにメレディスの野心が強く、誕生日を祝うたびに国内の勢力関係を推し量ることになり、カーティスが四歳になった年、王は二人の王子の誕生日の祝いを合同で行うよう命じた。

メレディスは実家であるウォルジー公爵家の資金力を背景に、合同のパーティーは自分が取り仕切ると言い、平等であることを前提に王もそれを許した。

メレディスは祝いの会は必ずジェレミーの誕生日に行った。平等という名で一つにされたケーキにはジェレミーの年の数に合わせた飾りが施され、招待客も操作された。プレゼント置き場をあえて比べやすいように用意し、ジェレミーの元に集まるたくさんのプレゼントを前に、いかに自分の子供が周囲に愛されているかをとうとうと語った。

第一王妃が抗議するとメレディスは笑いながら言った。

「それならば、来年はあなたが準備をするのね。これほどの規模のパーティーを開けるかしら。王に恥をかかせない、格式あるパーティーをね」

王城の予算からさらに倍の金額をかけて準備されたパーティー。それと同じだけのパーティーを

運営することは第一王妃にはできなかった。やむを得ず辞退すると、

「あら、こんなこともできないなんて。あなたの子供に生まれてかわいそうねえ」

とメレディスはカーティスに視線を送り、嘲笑を向けた。カーティスの顔がこわばった。

十歳の誕生日で選ばれる王子の婚約者。

カーティスが十歳になる年、メレディスはあえて婚約者を選ばせなかった。

「忘れていたわ。来年、ジェレミーが婚約者を決める時に一緒にすればいいじゃない」

そう言って済ませようとしたが、これには王も苦言を呈し、翌年カーティス十一歳の誕生日は第一王妃が取り仕切ることになった。

カーティスの誕生日に行われた誕生パーティーで、二人の王子の婚約者が発表された。カーティスの婚約者にはマジェリー・ブラッドバーン公爵令嬢、ジェレミーの婚約者にはアマンダ・クライトン侯爵令嬢。

先に生まれたというだけでカーティスが王太子となり、自分の子供の婚約者の方が爵位が低い。しかもカーティスの誕生日にこんな大きな決定が発表された。主役は完全にカーティス。

メレディスにとって屈辱でしかなかった。

第一王妃宮にはメレディスの息のかかったものが送り込まれ、使用人達の関係は徐々に悪くなっ

ていった。やがて、馴染みの者達はやめていき、第一王妃の周囲には信頼できる者がいなくなっていった。

カーティスの婚約者となったマジェリーは冷静で聡明な令嬢だった。将来の王妃として王妃教育を受け、カーティスにも敬意を示して忠誠を誓い、二人の仲は良好なように見えた。

しかし、王立学校でアドレー王国から来た留学生マリウス王子に出会い、マジェリーは一変した。初めての恋に舞い上がり、マリウス王子を追いかけ、カーティスの目の前でさえマリウスを優先した。それをマリウスも受け入れ、むしろこれ見よがしに振る舞って二人の仲を世間に知らしめた。

嫉妬したカーティスがマジェリーを諫めると、マジェリーは父であるブラッドバーン公爵を通じて正式に婚約解消を申し出た。理由を問い続け、何度も学校で呼び止められ、家にまで訪ねて来るカーティスに、いらだったマジェリーは意図的にカーティスが傷つく言葉を放った。

「あなたの何がマリウス殿下に勝てると思っているの？　背だってマリウス殿下の方が高く、あなたみたいにひょろひょろじゃないわ。あなたなんてただ王家で一番最初に生まれたから王になるだけ。母親の家柄だってジェレミー殿下よりずっと低いじゃない。お情けでジェレミー殿下と同じ日に誕生日を祝われて、誰もあなたの生まれた日なんて覚えていないわ。私に必要なのはあなたなんかじゃないのよ」

カーティスはブラッドバーン公爵を敵に回したくないという父王の言葉を受け、婚約解消を受け入れた。

マジェリーは卒業を待つことなくマリウスと共にアドレー王国へ渡り、マリウスと結婚した。華やかな結婚式の様子はルーベニア王国でも評判となり、幸せなマジェリー妃は女性達の憧れとなった。

その一方で、婚約者に逃げられた王子としてメレディスはカーティスの悪評を流した。ブラッドバーン公爵に睨まれることを恐れてマジェリーを悪く言う者はおらず、カーティスの狭心さ、暴力、よからぬ性的嗜好など、ありもしない噂だけが広がり、それを安易に信じる者もいたが、カーティスはただ黙っていた。


ジェレミーの婚約者アマンダは第二王子の婚約者でありながら、王妃教育を受けるようになった。

「いつジェレミー殿下が王に選ばれるかわかりませんもの」

あえて聞こえるように口にするアマンダはメレディスにも気に入られ、王城で大きな顔をするようになっていった。

高圧的でわがままな令嬢。家格を優先するその態度はメレディスに似ていた。派手に着飾り、噂話に明け暮れ、自分の派閥に入らない者を冷遇する。自分をメレディスに次いでこの国で二番目の女性だと公言してはばからなかった。

ジェレミーはそんなアマンダを好んでいた訳ではなかったが、母の言うとおり婚約者として受け入れていた。マジェリーがいなくなった今、この国の適齢期の女性の中では最も身分の高いアマンダ。クライトン侯爵も後ろ盾になってくれている。

ジェレミーこそが王になるのにふさわしい、と誰もが言った。王にはふさわしい王妃が必要だ。母の言うとおりにさえしていれば全てがうまくいく。ジェレミーはそう信じていた。

カーティスの新しい婚約者は決まらなかった。

第一王妃と年の離れた妹は体調を崩しがちで、ある日第一王妃は出先で倒れ、帰らぬ人となった。質《たち》の悪い感染症の疑いがあるとその日のうちに現地で火葬され、そのまま直接土の中に埋葬された。その診察結果には何の根拠もなく、王は激怒したが、何もかも遅かった。

この事件で多くの者が処罰され、ウォルジー家に近しい者が突き止められはしたが、ウォルジー公爵やメレディスの関わりを示せるほどの証拠は出なかった。

王は第一王妃の遺骨を掘り起こすよう指示し、王家の墓に埋葬した。

カーティスの妹は母の実家に預けられ、そこで暮らすうちに体調は改善した。毒が盛られていたのではないかと噂されたが、その証拠は見つからず、身の安全のためその後も王城に戻って来なかった。

別れも告げられず、突然いなくなった母。

ずっと自分から母を奪っていた妹とは滅多に話をすることもなく、自分に懐いてもいなかった。

カーティスは妹がいなくなっても何とも思わなかった。


カーティスはその後一人で第一王妃宮で暮らしていたが、何度か毒を盛られ、刃物を向けられた。王により腕の立つ護衛がつけられ、カーティスもまた自らの身を守る術を身につけたが、そこで暮らすことにこだわる意味はなかった。

やがてカーティスは生活の拠点を騎士団の一室に置くようになり、自分のことは大半を自分でこなし、敵とみなした者を容赦なく切り捨て、そばに置く者を厳選した。

広い第一王妃宮は住む主をなくし、暗く静まり返っていた。


第一王妃の死から一年後、ついにメレディスが第一王妃となった。

第一王妃になるとすぐにメレディスは王太子をジェレミーに替えるよう王に進言したが、王は聞き届けなかった。

メレディスとその実家であるウォルジー公爵家はますます勢力を強めたが、それに反発する者がカーティスの味方になった。二人の王子、どちらを推すかで国は二つに割れていった。

間もなくカーティスが卒業するという時に、突然王が倒れ、その日のうちに崩御した。その有様は先の第一王妃の時に似ていたが、それをあえて口にする者はいなかった。死因は心臓の病とされ、それ以上の追及は行われなかった。

国葬が終わると、突然王の遺言書が出てきた。そこにはジェレミーを次の王にすると書き記されていた。誰もがその遺言書の真贋《しんがん》を疑ったが、メレディスは王の遺志だと譲らず、二か月後、ジェレミーを王とする戴冠式が行なわれることになった。

戴冠式の日。

王を殺し、国を盗む大罪人の粛正に、王太子の名のもと騎士団が動いた。

カーティスはメレディスの目の前でジェレミーを討った。ジェレミーは王冠に触れることもなく倒れ、息絶えた。

悲鳴をあげるメレディスも泣き叫ぶアマンダもその場で捕らえられ、地下牢に幽閉された。

戴冠式に出席していたメレディスの父ウォルジー公爵、アマンダの父クライトン侯爵をはじめとするジェレミーを王に立てた貴族たちは、先王殺しに加担したとして次々に捕らえられ、爵位を剝奪された。その中には第二王子派とまでは言えないブラッドバーン公爵も含まれていた。

戴冠式に出席するために帰国していたマジェリーは、父母を自分のいるアドレー王国へ逃がそうと試みたが、失敗して捕らえられ、マジェリーもまた王城の地下牢に幽閉された。

マリウスはマジェリーの罪を認め、マジェリーをルーベニア王国に残すことに了承するのと引き換えに自身の身の安全を保証され、一人国に戻った。マリウスは最後までマジェリーの救済を嘆願することはなかった。

そして一週間後、関係した者は皆処刑された。

逆らう者を力で抑え、王となったカーティスは人々から恐れられたが、その統治能力は高く、多くの有力な貴族を廃しながらも国は持ち直していった。

その在位十二年後、王は王都の一角で何者かによりその命を奪われた。

身近に人を置かず、王妃もいなかった王に代わり、国政に携わったこともない王の妹が担ぎ出され、国を引き継ぎ、王国初の女王となった。

しかしそれは傀儡の女王であり、王配となったアドレー王国のマリウスの手により、ルーベニア王国は事実上アドレーの属国となった。

夢の中で、国を傾ける者達は皆死を迎える。

しかし、二人の王子の誕生パーティーで、カーティスが手を引く「運命の種」を目にした時を境に、予言じみた夢はぴたりと見なくなった。

エピローグ　誕生日

父の誕生日に、母は父にちょっと変わったプレゼントを用意する。

それは子供である私達が描いた絵だったり、母が描いた不敬罪に問われそうな似顔絵入り家系図だったり、嘘っぽいほどに美辞麗句を並べたラブレターだったり、味もわからない初見の果物だったり、決してすごいものではないのだけれど、父の誕生日を祝うプレゼントは、毎年父を笑わせていた。

どうしてそんなに誕生日にこだわるの？　と聞くと、母は、

「誕生日には笑っていてもらいたいもの」

と答えた。

母はぱっと見た感じ、そんな面白いことをするような人には見えない。どちらかというと真面目で、正しいと信じることを見極め、慎重に行動する人だ。

それなのに父の誕生日が近づくと、今年は何にしようかと案を練る姿はまるでいたずらっ子のようで、とても楽しげだ。

そして父は母の誕生日に欠かすことなく花を贈る。必ず父が自分で選び、直接手渡すのだ。母の

笑顔を見るために。
時に大きな花束を、時には数輪の花にリボンを添えて、たった一輪でも、そこに込められた意味が母にはわかるらしい。

お誕生日おめでとう

それは二人にとって

私はあなたを想っています

ということなのだ。

Additional Stories

Additional Story 1　侍女エディス

カーティスが譲り受ける領にある領主の館は長年使われておらず、新しい住人を迎えるため改装中だった。工事が終わるまで入居できないが、侍女の職を辞したエディスは今まで使っていた部屋を明け渡さなければいけなかった。それなら引っ越しできるようになるまで王都の家に帰ろうと思っていたのだが、エディスには第一王妃宮の客室が用意され、引き続き王城で過ごすことになった。新人の侍女見習いがついたのは、侍女の教育指導を兼ねているのかもしれない。

侍女の仕事は如才なくこなしていたエディスだが、元々は子爵家令嬢。貴族ではあったが借金を抱えた家を建て直すため、令嬢らしくあることなど二の次で、早くからドレスを身にまとうことを諦め、領のため、家のために走り回り、「贅沢は敵」をモットーにつつましく生きてきた。それは裏を返せば公爵夫人クラスの上位貴族になるには少々素養に欠けるところがある、ということでもある。

礼儀作法は王城の侍女としてみっちりしごかれており、一見問題ないように思えた。しかし、しばしば婚約者であるカーティスと肩を並べて立つことを忘れ、エスコートする手に気付かず、一歩下がって行動するのを常とする姿は、お仕着せを着てないだけで侍女だった。

そのあたりを気にした誰かの発案なのだろうか。王城にいる今のうちに、と「公爵夫人たるもの」といった精神論に近い講義を一週間ほど受けることになった。

それなりの立場になる人には避けられないものと思いはすれど、特にエディスが苦手とすることを寄せ集めたとしか思えないプログラムに連日溜め息の連続だった。これから任される領地の現状とか、収支とか、もうちょっと実務寄りな内容だったらよかったのだが。かつて王妃教育を渋々受けていた某令嬢を思い出した。

中でも苦手だったのは、美しい所作やダンスの実技だ。おいしいお茶の入れ方だったら自信があるのだが、講師を務めるアディントン伯爵夫人にはお茶を入れるのは侍女の仕事と言われた。公爵夫人はお茶を入れてはいけないという決まりはないはずだが……。

「いい茶葉を使ってますね。南部のドレッド産かな。もうちょっと茶葉を多めで、蒸らし時間を長くしてもいいいかも」

素直に感想を口にしたが、咳払いで「不合格」をほのめかされた。お茶の産地はばっちり合っていたが、入れ方などは口出ししないのが正解だったようだ。カップの持ち方が豪快、もっと繊細に、上品な角度で、もっと背筋を伸ばし、ティースプーンの持ち方も指先まで美しく気を配り、混ぜ方もまろやかに。講義の時間が終わりそうで急いでカップを空けようとして「一気飲みしない！」とまた叱られる。次々と突き付けられる注文に、お茶の味など忘れてしまった。

公爵夫人は見せ物のように周りから見られることを前提に生きていくのだろうか。自分がお茶を飲むところなど誰が見たがるだろう。エディスの中でふつふつと反抗心が芽生えた。

それなら人前でお茶を飲まなければいいのでは？　お茶会を主催せず、招待されてもお断りし、領に引きこもっていれば大丈夫だと考えたのだが、カーティスに「王都に行く時は一緒に来てくれると嬉しいな」と言われると、王都に用があるたびに「一人で行っておいで」とも言えず、引きこもり計画の実現は微妙だった。

記憶の中の母は優しく上品な人だった。父も兄も田舎の小さな領とはいえ、領主としてきちんと教育を受け、上級貴族との付き合いだってこなしている。周りはそうした人に囲まれているのだから、見て学ぶ機会はあったはずだが、そうしたことに関心を持たず、後回しにしてきた。さすがにマナーに違反するようなことはないが、求められているのはその上をいく上品さ、優雅さ、高貴さ……。どれも自分には縁遠い。まさか自分に公爵夫人などという大役が回ってくるとは思いもしなかったのだ。

大抵のことはそつなくこなしてきたエディスにとって、連日のダメ出しは堪えた。

注意されてばかりで気分が沈んでいる時に限って、聞きたくもない噂話が耳に入ってきた。渡り廊下を歩いていると、木の陰で二人の男が話をしていた。声を潜ませもせず、その話は周りに聞かせたいのかと疑わせるくらいはっきりと耳に届いた。

「俺達、ジェレミー殿下の派閥でよかったな」

「カーティス殿下が侍女に入れ込んで王太子の座を逃すなんて意外だったよ」

「侍女に手を出すくらいよくあることだろ？　よっぽどバカじゃなければ、うまく隠すだろうに」

隠すどころか、周りはみんな知っていた。うまく隠されていたのは当人であるエディスくらいだ。

「自分付きの侍女に色目使われて骨抜きにされるなんてな。言いなりになって、何でも買い与えてたそうじゃないか。女に金をつぎ込むようでは国は任せられない、結婚させてやる代わりに王太子は諦めろってことになったらしいぜ」

「うはあ。相手は選ばないとなぁ」

何でも言いなり？　何を買い与えられたって？　確かに分に不相応な夜会のドレスはもらったけれど、受け取ったのは命令だった。あのカーティスが誰かの言いなりになるような人かどうか、見ればわかりそうなものだが。

エディスはあまりに根拠のない噂に、呆れかえっていた。

「うまいこと王子を落としたつもりが王妃の座をつかみ損ねたって訳か。悪女も形なしだな」

悪女！　自分にそんな肩書きが付こうとは。

側付きの侍女見習いヴィオラと目が合い、エディスが自分を指さしながら声を出さずに「アクジョ」と口を動かすと、ヴィオラはうろたえ、目をうろつかせた末にそっぽを向いた。侍女ならば動揺を隠し、何かフォローの言葉の一つもかけねば。

「格下の女なんて、権力者に媚びることしか考えてないのさ」

「それでも父親のために伯爵位はもぎ取れた訳だしな。大した女だよ」

悪女として、お褒めの言葉をいただいた。

まあ、父の爵位は自分の婚姻をお膳立てする理由で授かったものと言われれば、否定はできない。子爵位では王族と結婚するには不充分であり、最低でも伯爵位は必要だろう。しかし父は借金を完済し、領の経営だって右肩上がりだ。復興のためにいろいろ頑張ったからこそ伯爵位をいただけたと信じている。頑張る者が常に高評価を得られる訳ではないことくらいわかっていたが、こんな中傷を直接耳にするとどんよりとした気分になった。

「所詮は先に生まれただけの第一王子。ジェレミー殿下は由緒正しき公爵家の血筋、サラブレッドだからな。王になるべくして生まれた人というのは、ああいう人を言うんだろうな」

「婚約者もクライトン家だろ？　一時はカーティス殿下と婚約してたが、さっさと乗り換えて正解だな。さすがクライトン候、抜かりない」

「まあ、カーティス殿下なら元貧乏子爵令嬢くらいが丁度いいかもな。ははは」

男達は笑いながらその場を離れて行った。

元貧乏子爵令嬢なのは事実だし、むしろ「元」になったことに誇りを持っていた。それなのに、自分がカーティスを測る尺度にされ、自分を選んだために貶められている。そのことがエディスの心に突き刺さった。

貴族は噂高いもので、王城で勤めていた時も陰口を言う者はそこら辺にいた。そんなもの暇人の戯言だと聞き流し、とっとと仕事に向かったものだが。そもそも今、立ち止まってこんな話を聞いているこの状況。

もしかして、……自分は暇なのだろうか。

エディスは溜め息を漏らした。


結局大した成果もなく講義は終わった。あまり自分の身になったとは思えないが、自分が課題だらけなことは把握でき、公爵家に嫁いでもまあ何とかなるだろうと漠然と思っていた自分を反省した。

あれから見られることを意識して振る舞っているが、何をやってもぎこちない。

あんな講義でもなくなればすることがない。この状況は言うなれば非番みたいなものだ。それなら当初の予定通り王都の家に帰ろうと思い立った。婚約が決まってから家に帰っておらず、父や兄と会うのも王城の中。公爵領に移れば更に帰るのは難しくなるだろう。この機会に自分の部屋を片付けておきたい。

侍女見習いのヴィオラに、

「今日から実家に帰るから、しばらく他のお仕事に回ってね」

と言うと、返って来たのは、

「あ、そうですか。わかりましたぁ」

「そこは『承知しました』で一礼ね」

エディスの指摘に、ヴィオラは慌てて礼をした。まだまだ侍女への道は遠い。

アディントン伯爵夫人から見た自分も、これくらいつたないのだろうか。そう思うと落ち込んでしまうが、せっかく家に帰るのだ。ダメ出しばかりの講義のことはしばらく忘れることにした。

カーティスは視察に出かけていたので、

　家に帰ります

とメモを残し、いつもの軽装で鞄を抱えて城を出た。

通用口を出ると、丁度顔見知りの出入りの業者が納品を終えたところで、街まで乗せてほしいと言うと気安く応じてくれた。

家に帰ると、出てきたのは見たことのない執事だった。訝しげに、

「どちら様でしょう」

と言われるのも仕方なかった。何せ自分の家に帰るだけだと思い、先ぶれも送っていないのだから。じいやと数人の使用人しかいなかった貧乏子爵家ではない。今や伯爵家なのだ。

兄は留守で、エディスを知る馭者は兄に同行しているだろう。他の使用人もエディスを知っている者は数人で、玄関で応対するような仕事はしていない。この家の者だと信じてもらう方法を考えていると、二階から女性が降りてきた。ドレスの裾を少し引き上げ、優雅にゆったりと歩くのは、義姉のマリリンだ。

兄は三か月前に結婚したが、領の家で行われた親族の顔合わせには出席できず、義姉マリリンとは結婚式の当日に会っただけだ。王子であるカーティスと共に泊りがけで行動するとなると多くの人が動くことになり、事前準備が大変なのだ。

元々父と兄が交代で領と王都の家を行き来していたが、結婚を機に兄夫婦が王都で暮らすことになったのだろう。

結婚式の時のようなフォーマルな格好をしていないエディスを見て、やはり義妹とは気づかず、

「ああ、侍女に応募の方ね」

都合のいいように勘違いしている。

「あなた、侍女経験はどれくらい？」

問われるまま素直に、

「七年ほど」

と答えると、マリリンは満足げに笑みを浮かべた。

「丁度いいわ、ちょっと来て」

まだ名乗ってもいないのに手招きされてエディスは驚いたが、執事はもっと驚いていた。

「奥様、そのようなどこのどなたかもわからない方をお屋敷に入れるなど……」

「マチルダが休みで困っているの。見極めも兼ねてってことで。ね？」

にこやかな笑顔を執事に向けると、執事は困った顔をしながらも強くは言えないようだ。

「お仕度ですね。承知いたしました」

王城仕込みの礼は合格だったようだ。上機嫌なマリリンに導かれ、執事に一礼してから二階へと上がった。

かつては母が使っていた女主人の部屋。家具や調度品はすべて新しくなっていた。カーペットもふかふかだ。開いたままの真新しいクローゼットには服が詰まっている。物がなくなる一方だったかつてを思い出すと感慨深い。

今日は仲の良い伯爵夫人にお茶会に誘われているらしい。部屋では若い侍女があたふたしながらドレスを準備していた。クローゼットのドレスもアクセサリーも使ったままに入れてあるのか、色順でも用途順でもない。これでは選びにくいだろう。

既にドレスは決まっていたので、それに合うアクセサリーを見繕い、マリリンに確認を取るとOKが出た。髪を整えてメイクし、コルセットをつけ、ドレスを着付ける。すっかりエディスに任せて助手になっている侍女のパメラには、手袋やバッグなど小物の準備を終えたら馬車の用意を声掛けしておくようお願いした。

「助かったわ。あなた手慣れているわね。採用よ。じゃ、行ってくるわね」

そう言うと、マリリンはパメラを連れて馬車に乗り込んだ。

「行ってらっしゃいませ」

執事と一緒に夫人を見送り、下げていた頭をほぼ同時に上げた。

紹介状も持っていないのに、夫人の一言だけで本当に採用でいいのだろうか。執事なら気付いてほしいが、新米なのかもしれない。

「……それでは中を案内しましょう。お名前は？」

「エディス、……ラングフォードです」

さすがにこの状況でスタンレーを名乗るのは憚られ、近々名乗ることになる公爵家の家名を言ってみたが、嬉し恥ずかしでちょっとドキドキした。

執事によく知っている家の中を案内され、掃除しているメイドに会釈すると、

「こんにちは」

と明るく返事が返ってきた。鼻歌を歌いながらも手はてきぱきと動いている。

料理人は以前と変わっていなかったが、新人の料理人を指導中らしく忙しそうにしていた。エディスを見て少し首をかしげていたが、ここしばらく会っていないこともあって気付かれなかった。

使用人の部屋に案内され、お仕着せを受け取った。家はずいぶんきれいになっているのに、使用人の部屋は古いままであちこち傷んでいる。お仕着せもデザインが古めかしく、結構年季が入っている。ベッドも寝具もあまりいい状態ではない。いい使用人を雇おうと思ったらこうした待遇の改善は重要だ。

着替えるとすぐに仕事が回ってきた。メイドと共に女主人の部屋を整理し、ついでにクローゼットの中のドレスを並び変えておいた。終われば空き部屋を掃除するよう言われ、案内された先には自分の部屋もあった。急いで女主人の部屋を空けたのだろう。母の使っていた家具がエディスの部屋に詰め込まれていた。ドレスも靴も残っている数は少なく、古いものばかりだ。流行遅れでないものは親戚が形見に持ち帰り、残ったものも売れるものから売ってしまった。宝石箱はなかった。恐らく義姉が引き継いでいるだろう。

ここにあるものは処分されてしまうのだろう。もう母が死んで十年以上経つのだ。

母のドレスを手に取り、ぎゅっと抱き締め、もう一度クローゼットの中に戻した。

部屋の掃除が終わると、食器の並び替えを手伝った。茶器を新調したようだ。赤い一輪の花が印象的なデザインで、おそらく義姉の好みなのだろう。昔からあった茶器はメインの食器棚から追いやられ、新しい茶器が並べられた。

お茶会を終えたマリリンが戻ると、棚に並んだ新しい茶器を満足げに見ていた。

「このカップでお茶を飲みたいわ。入れてくれる？」

エディスがお茶を用意していると、パメラは横でじっと見ていた。手順とおいしく入れるコツを教えると、ポケットに入れていたメモに書き留めていた。王都で評判のお菓子もある。家でこんなお菓子が出されるのは久々に見た。


夕方になると敷地内に馬車が入って来た。兄が戻って来たようだ。兄と義姉で別の馬車を持てるようになっていることに気付き、エディスは我が家の復興ぶりに驚かされた。

馬車に続いて人を乗せた馬も入って来た。まさか護衛ではないだろう。

マリリンやパメラと共に玄関に並び、主人である兄が戻ってくるのに備えた。しかしなかなか入って来ない。家の前で何やら話し声がして、その声がだんだん近づいてきた。

「だから、全く心当たりがないんだ。まずは話をさせてくれ」

「状況を確認しますので、また日を改めてお越しになられては……」

何かもめているようだが、どちらも聞きなれた声だ。

執事が扉を開いた。

「お帰りなさいませ」

「お帰りなさい、あなた」

夫人が兄を出迎え、エディスはパメラと共に頭を下げた。しかしなかなか通り過ぎない。エディスが上目遣いで顔を上げると、目の前の男二人、兄のアルバートとカーティスが立ち止まってエディスを見ていた。

「エディ……」

「何で、おまえはそんな恰好で」

アルバートがエディスに話しかけるのを見て、マリリンは首をかしげた。

「今日から来てくれた新しい侍女なのだけど、ご存じの方？」

「……妹のエディスだ」

その答えにマリリンも執事も目を見開いて声を詰まらせる中、パメラが、

「ええっ！」

と声を張り上げ、慌てて口を両手で押さえた。この動揺、侍女としてはまだまだだ。

共に夕食を取ることになり、エディスは準備を手伝うと申し出たが当然却下された。兄からとっととお仕着せを着替えるように言われ、借りていた使用人の部屋に戻り、来た時に着ていた服に着替えた。

「ごめんなさいね、妹さんだとも気が付かず」

「いえ、私が言いそびれましたので。……すみません」

エディスは平民が着るような普段着のまま夕食の席に着いた。きちんと食事のためにドレスを着替えている義姉、伯爵家嫡男らしい身なりの兄、食事向きとは言えないが仕立ての良い外出着を着たカーティスと同じ席にいると、どうしても場違いな感じが否めなかった。かつてはこうした格好で食事を取ることもよくあったのだが、今の伯爵家には相応しくないようだ。

義姉はそんなエディスを見下すこともなく、所作は美しく、優雅だった。にこやかに楽しげに振る舞い、時に笑い声をあげても下品ではない。

求められているのはこういう所作か……。

兄も所作に問題はなく、カーティスは手本のように品のある美しい食べ方だが、顔が怒っている。黙々と食べるその姿に圧がある。圧があっても上品なのが憎らしいところだ。

「で、なんだって急に帰って来たんだ？」

アルバートに言われて、エディスは、

「仕事辞めて、お城で受けてた講義も終わって、することがなかったから家に帰って片付けでもしようかな、と」

「それだけ？」

「それだけ、だけど」

エディスの言葉に、横で聞いていたカーティスがはあああっと深い溜め息をついた。

「ちゃんと家に帰るって、書き残しましたよね？」

悪びれもせず答えたエディスを、カーティスはぎろりと睨みつけた。

「いきなりあんな書き置きを残していなくなったら、心配するだろ」

視察を終え、書き置きを見て驚いてそのまま駆けつけたのだろうか。書き方がシンプル過ぎたかもしれない。心配させてしまったことには、

「ごめんなさい」

と言うしかなかった。


新婚の兄夫婦の住む家でゆっくり過ごす気分にはなれず、そうこうしているうちに王城から迎えの馬車が来た。馬車に乗って来たデリックに、

「アマンダ様以来の逃走劇だな」

と言われ、エディスは、

「逃走って。自分の家に戻っただけだし、ちゃんと行き先伝えてあるし……」

とぶつぶつ不満を口にしていたが、

「確かに寄り道もせず、真っ直ぐ家に帰ってたようだけど」

そう言われるまで、エディスは自分が一人で気軽に行動していると思い込んでいた。

「もしかして、尾行されてた？」

「護衛だよ。おまえ、王族の婚約者だって自覚ないだろ。イーデンがいたの、気付かなかったの

か？」

エディスは大きく首を横に振った。

元同僚が自分の護衛役になっていようとは。言われて自分の立場を振り返れば、自分のしたことがかつてアマンダがしていたことと大差ないと気付いた。

「ま、護衛をまくよりはかわいげあるけどな」

まくどころか、護衛がいることさえ気付いていない間抜けっぷり。知り合いの商人の馬車に乗って出かけたのを見て、イーデンもさぞ驚いたことだろう。戻ったら説教か、指さして笑われるか、どちらかだ。

カーティスが乗って来た馬にはデリックが乗り、エディスはカーティスと二人で馬車で王城に戻ることになった。王子でありながら単身で行動していたカーティスもまたデリックに小言を言われていた。まさに似た者だ。

馬車に乗り込む前に、エディスは兄に今日家で気になったことを告げた。

「侍女募集しているなら、使用人の待遇を良くしたほうがいいんじゃない？　部屋も傷んでるし、お仕着せも古くなってる。侍女同士口コミがあるから、いい人雇おうと思ったらそういうの結構大事よ」

すると、アルバートより隣にいたマリリンの方が反応が良く、

「そうね。そうしましょう」

とかなり乗り気だ。新しい使用人が増えてはいるが、まだ足りないだろう。

この家は兄と義姉に任せておけば大丈夫。

エディスは二人に笑みを向けた。

「近いうちに、私の物を片付けに来るね。次はちゃんと連絡して来るから」

妹の笑みが少し寂し気で、気になったアルバートは
「いつでも戻ってきていいんだ。ここはおまえの家なんだから」

そう言ってエディスの肩を叩き、まだ表情の硬いカーティスに無言で頷いた。


カーティスは馬車に乗ろうとするエディスに手を添え、向かい合って座ろうとしたエディスの手を引いて自分の隣に座らせると、馬車は発車した。

「侍女じゃない城の生活は窮屈か？　このところ何かとつまらなそうにしているし、食事も進まないようだし……」

自分の食べ方を見ている人がいた。でもそれは美しさといった品定めではなく、自分の様子がおかしいと気にかけてくれていたのだ。

「美しく食事ができているか、ちょっと気になって」

「そんなことを気にするのか。別に問題ないだろう。散らかしてもないし、音を立ててる訳でもないのに」

ちょっと、と言いながら表情を暗くしたエディスに、いつになく落ち込んでいることを察したカーティスはぶっきらぼうに答えた。

「……ああ、マナー教育のあいつだな、そんなことを言うのは。ほっとけばいい」

学んだことをあっさり「ほっとけ」と言われ、エディスは顔を上げ、カーティスと目を合わせた。

「ほっといちゃだめでしょ？　公爵夫人ともなると一挙一動気を配って、カップのつまみ方ひとつとっても美しく、模範的であるべきだって……」

「所作が大事だと思う人もいれば、そうでない人もいる。おまえも俺も急ぎの仕事が入れば飲みかけの茶を一気飲みして仕事に向かってきただろう。そういう人間もいるってことを、教える連中がわかってないだけだ」

その言葉に心の重さが一気に半減した。あれはアディントン伯爵夫人の一見解。それでもそれが講義として成り立つということは、そうあるべきだと思う人が多いということでもある。

「でも、カーティスはいつも何を食べてても品があって様になってるから、私も隣にいるなら同じくらいにはなるべきじゃないかと……」

「こっちは生まれてからずっと猫を被ることをしつけられてるからな。追いつくのは至難の業だぞ」

あの王族の美しい所作を「猫を被る」とは。その言葉に軽く吹き出したエディスに満足することなく、カーティスはさらに問いかけた。

「……それから？　まだ何かあるだろう。言ってみろ」

エディスは心の中にあるわだかまりを素直に打ち明けてみることにした。自分のことを見ていてくれるカーティスなら、自分が納得できる答えをくれるかもしれない。

「変な噂を、聞いてしまって」

「噂？」

「カーティスが王太子の座から降りざるを得なくなったのは、侍女に入れ込んだせいだって」

「ああ、よく言われるよ。わかりやすい筋書きほど受けるからな」

カーティスは取るに足りないことのように平然と言った。

「第一王子は王位より恋を取るバカだが、寛大な王はそれを許し、優秀な第二王子が王太子になった。王家は平和。第一王妃、第二王妃の間には何の確執もない。……王太子にならなかった理由なんてその程度だと思われている方がいい」

噂を止めることも否定もしない。いつも何も聞いていないかのように振る舞うカーティスだったが、語られた筋書きにカーティスの本心があった。

ただ聞き流しているのではない。わかっていて黙っているのだ。勝手な噂が自分にとってどうかではなく、この国にとってどうかという視点に立って。

「誘惑されただの、貢いでるだの、尾びれ背びれもいろいろあるが、真実は違うよな。俺がエディスを好きなのは侍女になる前からだし、おまえは物なんかで釣られやしない。浮気どころか本気さえもなかなか受け入れてくれない、王子を手玉に取る敏腕侍女、そして尻に敷かれている王子」

「それも真実じゃないでしょ」

からかうように言われて、噂を気にして落ち込んでいる自分が次第に馬鹿らしく思えてきた。それでも心の中にざわざわとしたものが残る。それは、

「カーティスが笑われるのは嫌。それが私のせいだったら、もっと嫌」

言葉にすると、そういうことだった。

それを聞いたカーティスはふと真顔になり、瞬時に破顔した。

「そんなかわいいことで悩んでるのか。本当におまえは……」

カーティスはエディスの肩に手をまわすと力強く引き寄せ、頬に口づけした。エディスは触れている半身に体温以上の暖かさを感じ、カーティスの肩に頭を乗せた。しばらく目を閉じてカーティスにもたれているうちに心につっかえていたものが溶けていくのを感じた。

「おまえが望むなら、公爵でなくても生きていく方法はあるだろうが」

エディスが望んだなら、カーティスは本当に公爵位さえも捨ててしまうかもしれない。しかし第一王子が臣籍となり、さらに公爵よりも落ちることは、あらぬ罪を疑わせてしまうだろう。これ以上カーティスを悪く思われるのは、たとえ噂でも絶対に許せない。

エディスは笑って首を横に振った。

「……あんまり仕事を選り好みしてたら、喰いっぱぐれちゃうから」

「喰いっ……！」

カーティスは吹き出して、エディスをさらに引き寄せた。

「ああ、喰いっぱぐれないよう、しっかり働くよ」

エディスはカーティスに、そして自分に小さく頷いた。

「品の良さとか優雅さとか、私には難題だけど、講義でちょっと聞いて全部百点とれる訳ないんだから。焦らず、少しずつ、私なりに頑張ってみる。……公爵夫人としては不充分かもしれないけれど」

「別に無理して公爵夫人になろうとしなくていい。俺はおまえがそばにいてくれるだけで充分だ」

せっかくのカーティスの励ましだったが、

「充分？　そばにいるだけで？」

エディスはもたれていた体を起こし、カーティスに挑戦的な視線を送った。

「ほんとに？　結婚しなくても？」

予想通りカーティスが固まったのを見て、エディスはいつもカーティスがするのを真似て意地悪く見えるように笑ってみせた。しかしそれは長くは続かず、いつも以上に柔らかな笑みに変わっていた。

「私は、ただそばにいるだけじゃ嫌。ずっとそばにいられるようになりたい。あなたに相応しい人として、この先も」

カーティスは思わず唇でエディスの口を塞いでしまった。本当は聞きたい続きの言葉を止めることになってしまったが、重ねた唇から途切れた言葉以上の思いが伝わってきた。


ふと、今日スタンレー家の玄関で出迎えたエディスの姿を思い出したカーティスは、

「侍女のエディスのお出迎えは悪くなかったな。……王城の侍女の服を持って行こうか」

と冗談のつもりで言ってみたが、思いがけない返事が返ってきた。

「新しいのを一着、もらってる、けど……」

「まさか、結婚後もずっと侍女の格好でいるつもり、……じゃないよな？」

お仕着せをもらった理由を先に言ってしまうと驚かせる楽しみがなくなってしまうのだが、変な誤解を受けないようエディスはネタばらしをすることにした。

「実は、次の誕生日の小道具のつもりで」

「誕生日？」

「一日侍女復活、というのも面白いかな、なんて」

それが自分の誕生日を祝うためのものだとわかったカーティスは、

「そうか。一日侍女か。朝も昼も夜もそばに控えてくれるんだ」

と喜んだが、次第にニヤニヤと怪しげな笑みに変わり、どう見てもよからぬ妄想をしていた。

「となると、そのまま専属侍女とのいけない夜なんてのも……」

エディスはこのネタバレが次の誕生日の期待値を上げてしまっていることに気が付き、ちょっとうろたえながらも

「それは、……その時次第で」

と答えて目をそらした。エディスの思い切った想定外な返答にカーティスはにやけ顔をやめ、エディスの耳元に顔を寄せると、

「式を終えたら、おまえが疲れて寝ていても容赦しないからな」

とささやいた。

「ふぇ？」

「わかっていると思うが、寝てる相手には手を出さないなんて紳士ぶった考えは、俺にはないから」

耳たぶにリップ音を鳴らして口づけされて、エディスはびくっと首をすくませた。結婚式を終えるまでは手を出さないと決め、それを実行しているカーティスの意志の強さに敬服しながらも、だからこそ今の発言は本気であり、自分への警告であることをひしひしと感じた。

後日、エディスは先ぶれを出したうえで、カーティスと共にスタンレー伯爵家を訪れた。侍従、侍女が同行し、エディスの部屋にあったものを荷造りしたが、長い間住んでいなかった部屋には荷物は少なく、さほど時間はかからなかった。

以前はなかった家具が部屋を狭くしている。エディスは片付けの間、一度もその家具に触れなかったが、それが不自然で、カーティスはクローゼットの扉を開いた。中に入っているドレスは古く、エディスのものではなさそうだったが、あえてエディスに声をかけた。

「全部、持って行くか？」

エディスは首を横に振った。

亡き母のドレス。本当は持って行くつもりはなかったのだが、見てしまうと心が揺らぎ、手が伸びていた。

「……一つだけ」

取り出したドレスを腕の中に抱え、エディスはじっと目を閉じた。


片付けを終え、帰りの挨拶をすると、マリリンがエディスに箱を手渡した。それは母の宝石箱だった。きれいに修理され、中にはかつて手放したはずのネックレスを含め、宝飾品が三つ入っていた。

「スタンレー家に伝わるものは私が引き継ぎ、次に伝えるつもりよ。箱は細工が素敵で気に入っていたのだけど、あなたが持つべきだわ。……お母様がきっと見守ってくださっているから」

「お義姉様《ねえ》、ありがとうございます」

エディスは兄夫婦に向けて、先日厳しく指導を受けたばかりの礼をした。美しさに相手への敬意を込め、優雅に、爪の先まで意識して。

そこには、侍女のエディスはいなかった。


第二王子派のとある貴族の子息二人が、一か月間王城への出入り禁止の処分を受けた。

そのような処分を受ける心当たりがなく、子息達もその親達も連れ立って城を訪れ、抗議したが、城を出る時にはその処分を甘んじて受け入れていた。


王と諸侯が決めた爵位の下賜に対し、不正があったかのような不当な批判をしたため。


表向きの理由はそうなっていたが、処分内容を伝えた役人からは、追加でこう告げられた。

「カーティス殿下の婚約者、エディス・スタンレー嬢がいわれのない中傷を受けたことに、ウォルジー公、クライトン候がいたくご立腹だ。王城の中でむやみに大声で噂話をすることは今後控えるように」

それはこれから政治を担う王太子ジェレミーの後ろ盾であり、スタンレー家を伯爵に推薦した二人でもある。

カーティスの漏らした「不満」に、第二王子派の役人が大物二人の名を借りて注意したのだが、効果は絶大で、その後大っぴらにカーティスとエディスの噂を立てる者はいなくなった。

その一方で、ルーベニア王国の重鎮をも手中に収める元侍女、エディスの悪女伝説が始まろうとしていた。

Additional Story 2　記念金貨

ルーベニア王国では慶事が続き、一か月後にはカーティスとエディスの結婚式が、その一年後には王太子となったジェレミーとアマンダの結婚式が執り行われることになっていた。

王族の結婚ともなると準備に手間と時間がかかり、何かとしきたりが重んじられるものだが、王太子の結婚にこそ国民は注目している。ここ一番の行事に花を持たせるべき。……などともっともらしい理由をつけて、伝統にのっとった格式高い重厚な式は翌年の「本命」に任せ、カーティスとエディスはあくまで前座という立ち位置で、王家のしきたりをいろいろと「以下略」にした式の準備は着々と進んでいた。


久々に開かれた乙女のお茶会。カーティスとアマンダのお茶会がなくなったので、月一回とはいかなくなったものの、時折アマンダから招待を受け、お茶やお菓子を堪能しながらお互いの近況を語り合っていた。エディスはアマンダより二つ年上で、結婚後は義理の姉になるのだが、アマンダが王太子妃になり自分は臣下になるのだからとこれまで通りの話し方を変えないことにした。

ウォルジー家、クライトン家の結婚式にかける思いは熱く、アマンダはいくつものウエディングドレスのデザインを提案されて決めかねているようだ。

「ちょっと迷っていたら、翌週には裾が二メートルも引きずるようなデザインに変わっていて、そうしたら他の方々もどんどんエスカレートして、ヴェールなんてそれ以上になりそう……」

「それはやはり、早めに方向性を定めて、アマンダ様の意見が通るようにした方がいいですよ。でないと、鎧級の重たーいドレスを着ることに」

「多分、どなたのデザインを採用してもそれは逃れられないわ。……ねえ、ウエディングドレス、おそろいにしてみる？」

突然そんなことを言われて、エディスは、

「滅相もない！」

と即座に断った。

「王太子妃と同じなんて、しかもそれを私が先に着るなんてことが許される訳ありません。それに私のは来週には仕上がりますから」

「もう？　いいわねぇ。どんな感じにしたの？」

「デザインはシンプルですが、光沢のある生地が手に入って、光が当たるととても華やかで、……素敵なのができたと満足してます」

いつになく自信をもって答えるエディスに、アマンダはほっとしていた。

第一王子であるカーティスが王太子を辞退したことが曲解され、侍女だったエディスがカーティスを誘惑しただの、堕落させただの、聞くだけで腹立たしい噂が一部で流れていた。一時は落ち込んでいたエディスだったが、カーティスの励ましもあり、最近は以前に増して穏やかで落ち着いた表情を見せるようになっていた。


ドレスだけでなく、参加者に渡す記念品も悩みの種だった。

「記念品は決まった？　私は白磁のボンボニエールにしようかと思っているの」

砂糖菓子の入った美しい容器は、食べ終わればアクセサリーや小物を入れることができ、定番で人気のある記念品だ。白磁の器も南部で量産体制が整ってきたと聞いている。うまく特産品を取り入れ、宣伝も兼ねているのだろう。

「それに何かを足したいと考えているのだけど、なかなか思い付かなくて……」

「私達は、……ちょっと変わったものをお願いしてます」

「え、なになに？」

エディスは少しもったいぶるように間を置いた。本当は式で見て驚いてもらいたかったのだが、言いかけた以上、ネタバレになっても仕方がない。

「硬貨の鋳造所に見学に行った時に刻印を打つところを見せていただいて、限定デザインなんて面白いかもって言ったら、結婚式の記念品としてメダルを作ってくださることになったんです。王からもお許しをいただき、正式な貨幣として発行していただくことになりました。金貨が二百五十枚と銀貨を四百枚お願いして、王城に長く勤めていましたので、銀貨はお世話になった方へのお礼にしようかと」

新しい硬貨の鋳造所ができてから以前より精密なデザインの刻印ができるようになり、金の純度の管理も厳密なルーベニア王国の金貨は他国からも注目されている。そこへ初めての記念硬貨発行だ。

「素敵ね。あなた達の肖像が入るの？」

「とんでもない。表は今と同じく陛下のレリーフで、裏面にハヤブサの図案と発行年が刻印される予定です」

「それは楽しみね」

エディスが侍女だった頃からずっとアマンダを支えていた乙女のお茶会も、間もなく終わりとなる。王城を離れるエディスだけでなく、ヘザーもクライトン侯爵家に残りアマンダ付きではなくなる事が決まっていた。ジェシカは引き続きアマンダ付きの侍女として王城勤めになるが、王城では他にも何人か侍女が付く。エディスから信頼できる人が選ばれていると聞いていたので不安は少ないが、今のような信頼関係が築けるよう、少しずつ周囲の人達と話をする機会を増やしているところだ。

「王都に来た時はまたこうして一緒にお話ししましょう」

「ええ、是非。私達、姉妹になるんですから」

アマンダはずっと自分を勇気付けてくれたエディスに改めて感謝し、遠く離れたとしてもこれからも縁が続くことを嬉しく思った。


爽やかな風が香る初夏の某日、カーティスとエディスの結婚式が執り行われた。

神と王の名のもと二人は婚姻を認められ、周囲から祝福を受けた。

披露宴では裏方となった王城の使用人達は、長年共に働いてきたエディスへの祝いの気持ちを込めて様々なサプライズ料理を用意し、会場は大いに盛り上がった。続いて二次会も開催され、騎士団員や王城の気心の知れた者達との気取らぬ宴が夜遅くまで続いた。

披露宴の参加者には記念の金貨と銀貨をセットで、式を手伝ってくれた友人や王城の使用人達には銀貨と記念品のグラスが渡された。

その二日後、二人は王城を離れ、公爵領へと旅立った。

この時に出された記念硬貨に興味を持ったのがメレディス妃だった。

ジェレミーとアマンダの結婚式の時には金貨を五千枚作らせ、式の参加者に配ったほか一般にも販売した。額面は同じでも通常の金貨の1.5倍の値が付き、その後も高値で取引されている。

硬貨の鋳造所では、その後も国家レベルの記念行事がある時には特別な金貨を鋳造することになり、国内のみならず、国外からも買い付ける者が多かった。

記念金貨はメレディス妃の発案として広く知られることになり、

「エディスが考えたのに」

と、カーティスは面白くなさそうだ。しかし、エディスはメレディス妃の名前があってこそ多くの人の目にとまり、信用ある金貨として取引されていることがわかっていたので気にしていなかった。それよりも思い付くまま口にしただけなのに自分達の結婚の記念メダルを作ってもらえ、しかもそれが正式な貨幣として扱われたことが嬉しく、それを許してくれた王と、製作を引き受けてくれた鋳造所の職員の厚意に心から感謝した。

初回の記念硬貨にして、発行枚数も少なく、関係者以外入手できなかったカーティスとエディスの結婚記念硬貨はその後プレミアがつき、金貨は幻の金貨と呼ばれ、銀貨でも王太子の結婚記念金貨と変わらない値段で取引された。

警告の侍女

本作は「小説家になろう」（https://syosetu.com/）に掲載されていた作品を、大幅に加筆修正したものとなります。
この作品はフィクションです。実在の人物・団体・事件・地名・名称等とは一切関係ありません。

2024年7月20日　第一刷発行

著者 …………………………………………………… 河辺 螢
©KAWABE HOTARU/Frontier Works Inc.
イラスト …………………………………………………… 茲助
発行者 …………………………………………………… 辻 政英
発行所 ……………………………… 株式会社フロンティアワークス
〒170-0013　東京都豊島区東池袋 3-22-17
東池袋セントラルプレイス 5F
営業　TEL 03-5957-1030　FAX 03-5957-1533
アリアンローズ公式サイト　https://arianrose.jp/
フォーマットデザイン ……………………… ウエダデザイン室
装丁デザイン ……………………………… 鈴木佳成 [Pic/kel]
印刷所 ………………………………… シナノ書籍印刷株式会社